Les Maîtres de l'Art

# DONATELLO

LIBRAIRIE PLON

# DONATELLO

# LES MAITRES DE L'ART

COLLECTION PUBLIÉE SOUS LE HAUT PATRONAGE
DU MINISTÈRE DE L'INSTRUCTION PUBLIQUE ET DES BEAUX-ARTS

# DONATELLO

PAR

## E. BERTAUX

PROFESSEUR D'HISTOIRE DE L'ART MODERNE
A LA FACULTÉ DES LETTRES DE LYON

## PARIS

LIBRAIRIE PLON

PLON-NOURRIT et Cie, IMPRIMEURS-ÉDITEURS

8, RUE GARANCIÈRE — 6e

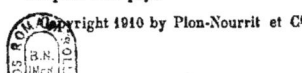

*A*

*MONSIEUR ÉDOUARD AYNARD*

*Membre de l'Institut*

# CHAPITRE PREMIER

LA JEUNESSE DE DONATELLO

FLORENCE fut secouée, à la fin du siècle de Dante et de Giotto, par une crise qui, dans la ville où les puissances d'argent avaient déjà pris leur organisation moderne, fut une tentative de révolution sociale. Les salariés des petits métiers, — les « Ciompi », — serrés autour des cardeurs de laine, s'emparèrent des Palais du Bargello et de la Seigneurie, devenus les forteresses de la bourgeoisie et du capital. Pendant quelques jours, le vrai peuple fut le maître de Florence ; son triomphe dura peu et ne fit qu'accroître la puissance de l'aristocratie de commerçants et de banquiers qui avait depuis longtemps réduit à néant la noblesse militaire.

Parmi les vaincus du parti ouvrier se trouvait le cardeur de laine Niccolò di Betto Bardi. Il dut quitter Florence. A Pise, il rencontra un de ses adversaires et le tua. De retour dans sa patrie, il

fut condamné à mort, pour connivence avec le roi
de Naples, puis grâcié. C'était en 1380. Quelques
années plus tard, probablement en 1386, naquit
sous le toit de cet agitateur populaire, dans le fau-
bourg de San Pietro in Gattolino, un fils qui devait
être le plus grand révolutionnaire de l'art italien.

L'enfant reçut au baptême le nom de Donato.
Le diminutif, Donatello, prit la place du nom, sauf
dans les actes officiels. Le maître lui-même grava
sur les œuvres, assez rares, qui portent sa signature : *Opus Donatelli*. Il est du nombre de ces
artistes florentins que la postérité nomme grave-
ment d'un petit nom d'amitié, donné jadis à un
enfant ou à un camarade : Masaccio, c'est « ce
grand diable de Tommaso »; Donatello, — ce
robuste ouvrier, — c'est « le petit Donato ».

Les origines de sa vocation restent inconnues.
Vasari a raconté que le fils du cardeur de laine
exilé par les bourgeois fut élevé dans la noble maison des Martelli, qui se firent plus tard un ami de
l'artiste. Il faut se défier de ces historiettes. L'enfant travailla chez un orfèvre, comme firent la plupart des sculpteurs et des peintres florentins de la
Renaissance : il fut admis plus tard dans la con-
frérie de Saint-Luc, en qualité d'orfèvre et de marbrier : *orafo e scarpellatore*.

Donatello avait quinze ans et terminait sans
doute son temps d'apprenti, lorsqu'un concours fut

ouvert à Florence, en l'année 1401, première du
nouveau siècle, pour une porte de bronze destinée
au vieux baptistère. Il ne se rangea pas, quoi
qu'en ait dit Vasari, parmi les concurrents, dont
les sept noms nous ont été conservés par le vainqueur lui-même.

Ce vainqueur était un jeune homme de vingt-
trois ans, Lorenzo di Cione, dit Ghiberti. Le plus
redoutable de ses concurrents avait été Filippo
Brunellesco, âgé de vingt-cinq ans. Le morceau
de concours de Brunellesco est aujourd'hui rapproché du bas-relief de Ghiberti au Musée National :
entre les deux œuvres le concours continue. Devant un jury d'aujourd'hui, Ghiberti remporterait
encore ce Prix de Florence.

Le sujet et le cadre étaient imposés à tous les
concurrents : ils devaient faire tenir le *Sacrifice
d'Abraham* dans le quatre-feuilles où, en 1330,
Andrea Pisano avait inscrit avec une si parfaite
aisance les bas-reliefs de la première porte du
baptistère. Les groupes que Ghiberti a disposés
dans ce cadre remplissent les courbes sans effort;
les figurines drapées ont la taille ployée à la hanche
et la souplesse ondoyante dont la mode était
venue à Florence avec les objets de piété et de
toilette exportés par les ivoiriers français. L'éphèbe
nu qui ploie sous la menace du couteau est la
libre copie d'un marbre imité de Praxitèle. Le
drame biblique a la poésie d'une églogue virgi-

lienne. Certes le rythme coulant de l'œuvre est celui du génie facile et heureux de Ghiberti. Mais rien, dans l'harmonie de l'ensemble, ni dans l'élégance des détails, n'est nouveau, que la perfection même de cette élégance et de cette harmonie.

Brunellesco avait un tempérament d'artiste tout opposé à celui de Ghiberti, plus rude et plus mâle. Le « morceau » d'après l'antique qu'il a, lui aussi, introduit dans sa composition, est un *Tireur d'épine* aux formes anguleuses. La composition du bas-relief est heurtée. Mais, dans la scène du meurtre, quelle tragique brutalité! L'ange tombe du ciel juste à temps pour détourner de son bras tendu le coutelas qui touche l'artère. Le seul sculpteur qui, au quatorzième siècle, eût trouvé de pareils cris, était Giovanni Pisano, qui n'avait pas formé d'élèves à Florence; après le concours où la grâce de Ghiberti fut la plus forte, vingt ans se passeront avant qu'un sculpteur florentin retrouve l'accent dramatique de Brunellesco; et ce sculpteur sera Donatello.

Il était lié d'amitié, dès l'année du concours, avec Brunellesco. Dans la vie de ce dernier, Vasari, raconte une histoire dont les héros sont les deux amis.

La commande ayant été donnée à Lorenzo Ghiberti, Filippo et Donato s'en furent ensemble et résolurent de partir de Florence et d'aller passer quelque temps à Rome, pour y travailler, l'un à l'architecture, l'autre à la

sculpture. Et là, lui et Donato, voyant la grandeur des
édifices et la perfection des temples, se mirent au travail
avec acharnement et n'épargnèrent ni temps, ni dépense :
il n'y eut lieu qu'ils ne virent à Rome et dans la Campagne ; ils mesurèrent tout ce qu'ils pouvaient trouver de
bon. Quand on les voyait passer en vêtements de travail, on les appelait les gens au trésor ; car le populaire
croyait qu'ils s'occupaient de géomancie pour retrouver
des trésors.

La narration du biographe a été pour Michelet
une évocation : il a vu errer les deux amis dans
Rome, telle qu'elle était au commencement du
quinzième siècle : une immense ruine dans un
désert. La ville que les papes avaient quittée et
où ne veillaient que les noms mystérieux de l'antiquité, avait la grandeur solitaire d'une Palmyre.
Quel séjour pour un adolescent marqué par la destinée ! Quelles leçons pour lui, même si le jeune
sculpteur ne trouvait alors sur ce cimetière de
marbres que peu de statues debout ou gisantes
à côté des temples et des palais !

Mais voici que, de retour à Florence, Donatello
ne semble connaître de l'antiquité que ce qu'en
connaissaient les artistes de sa ville. Lui-même
n'a rien retenu de ce qu'il pouvait voir, à l'âge
où les yeux s'ouvrent le plus avidement, dans la
Ville inoubliable. Comment ce voyage a-t-il passé
comme un songe ? C'est peut-être, ont répondu
quelques critiques modernes, qu'il n'a existé que
dans l'imagination d'un chroniqueur. Pourtant

Vasari, qu'on serait tenté de mettre en cause, s'est contenté de développer, dans la vie de Brunellesco, une indication très précise donnée dans une biographie anonyme du grand architecte, qui a été écrite de son vivant [1].

Tout est déconcertant dans la jeunesse de Donatello. Au commencement du quinzième siècle, les sculpteurs florentins étaient séparés en deux groupes : d'un côté, les sculpteurs de métal, pour la plupart des orfèvres qui passaient de l'argent au bronze; de l'autre, les marbriers. Donatello avait tiré profit de son talent d'orfèvre à Rome, où, au dire du biographe anonyme, il avait gagné quelque argent, de même que Brunellesco, à des ouvrages de joaillerie. De retour à Florence, il collabore aux travaux de la porte de bronze dont Ghiberti avait gagné la commande [2]. Cependant, à partir de 1406 et jusqu'après 1420, Donatello ne travaille lui-même que le marbre.

Il fut embrigadé dans les chantiers qui restaient ouverts, depuis plusieurs générations, autour des monuments les plus chers à la piété florentine : la nouvelle cathédrale, dont Arnolfo di Cambio avait

1. Cette biographie de Brunellesco a été, sinon composée, au moins copiée par Antonio Manetti, ami de Brunellesco et célèbre lui-même comme humaniste et mathématicien.

2. Pomponio Gaurico, un siècle plus tard, rangera Donatello parmi les disciples de Ghiberti, fils de Cione : *Cionis, ut putatur, discipulus.*

jeté les fondements, et que Florence, la ville du Lys, avait dédiée à la Vierge de la Fleur, Santa Maria del Fiore; le campanile, dont le premier architecte avait été Giotto; enfin l'oratoire collectif des corporations, appelé Saint-Michel du Jardin, *Sanctus Michael in Horto,* et, dans le langage populaire, Or San Michele. Les constructions religieuses entreprises à la fin du treizième siècle et dans la première moitié du quatorzième avaient préparé de l'ouvrage aux sculpteurs pour longtemps. La façade de la cathédrale resta un énorme mur, auquel furent adossées, jusqu'à la fin du seizième siècle, quantité de statues commandées par la Fabrique, et même parfois des marbres d'occasion, enlevés à d'autres monuments. Les piliers extérieurs d'Or San Michele avaient été répartis entre les plus importantes corporations, et chacune de celles-ci avait pris l'engagement d'élever contre son pilier, face à la rue, la statue de son saint patron. Mais l'élan se ralentit aussitôt.

Tous les travaux publics de sculpture furent repris avec une ardeur nouvelle à la fin du quatorzième siècle. Les blocs de Carrare furent charriés en masse vers Florence. La Fabrique de la cathédrale, sans cesser de garnir de statues l'interminable façade, s'occupa des portails latéraux, qui furent décorés aussi précieusement que des tabernacles. En 1406 les prieurs et le gonfalonier de justice adressèrent par décret un avertissement

sévère aux corporations qui avaient négligé de placer leur saint à Or San Michele, et leur donnèrent
dix ans pour s'exécuter. Chacun des corps de métier voulut avoir la statue la plus belle et proclamer plus haut que les autres l'union du commerce
et de l'industrie de Florence avec la religion et
l'art.

Cette reprise d'activité fut, pour les marbriers
florentins, comme le signal d'une rupture avec les
traditions artistiques adoptées depuis plus d'un
demi-siècle. La sculpture de marbre se détourne
de la peinture giottesque, avec laquelle Andrea
Pisano avait fait alliance, et revient à la sculpture
antique. Niccolà di Piero Lamberti d'Arezzo, un Florentin d'adoption, termine en 1408, après plusieurs
années de travail, l'encadrement d'un des portails
latéraux de la cathédrale de Florence, celui du
Nord : dans les volutes des montants apparaissent
des dieux, des déesses, des amours; Mars n'est
vêtu que de son casque; Vénus est pudique et
nue. Leurs corps ont retrouvé la plénitude et la
force héroïque. Tout ce paganisme peut étonner,
après Orcagna; il n'était pas nouveau dans les bas-
reliefs toscans. Nicolas d'Arezzo, en copiant savam-
ment des figures de sarcophages, a recommencé
avec une perfection égale, mais non supérieure, ce
qu'avaient fait, un siècle avant lui, Nicolas d'Apu-
lie, le sculpteur de la chaire de Pise, et son disciple
florentin, l'architecte sculpteur Arnolfo di Cambio.

Les marbriers florentins ne faisaient que revenir à l'art roman d'Italie en sculptant des bas-reliefs romains : ils ont fait œuvre plus nouvelle et plus forte, quand ils ont taillé des statues.

Au quatorzième siècle, la draperie avait été, en Toscane aussi bien qu'en France, l'essentiel d'une œuvre de sculpture. L'attitude fortement infléchie, le « hanchement », servait avant tout de prétexte aux longs plis sinueux et de thème à leurs variations. Les arêtes saillantes du bloc étaient déterminées, moins par les mouvements du corps que par les lignes directrices de la draperie, elle-même chose vivante et mouvante. Ainsi le sculpteur s'intéressait aux lignes qu'il faisait serpenter à la surface du marbre plutôt qu'au solide qu'il devait en dégager; à la décoration, plutôt qu'à la construction. Un maître comme Ghiberti, lorsqu'il modèle, en 1414, une statue de saint Jean-Baptiste pour un pilier d'Or San Michele, renchérit encore sur le goût du quatorzième siècle : il noie la silhouette humaine sous une cascade de plis transversaux, en forme de poches, que domine une tête longue et hirsute. Ce patriarche de métal vert a l'aspect d'un grand bronze japonais.

L'étrange statue était un ouvrage d'orfèvre. A la la date où elle fut mise en place, elle semble archaïque au milieu des statues taillées par les marbriers florentins. Ceux-ci s'étaient remis une fois de plus à l'école des marbres antiques, que les artistes italiens du moyen âge n'avaient jamais cessé de consulter. Mais cette fois l'étude des modèles séculaires fut moins superficielle : sous la toge des obscurs magistrats municipaux, dont les effigies avaient été ensevelies par milliers dans la terre italienne, les sculpteurs de Florence retrouvèrent ce que leurs ancêtres, les marbriers contemporains des empereurs, n'avaient pas complètement oublié : les corps d'athlètes que les sculpteurs grecs avaient représentés nus.

Une véritable renaissance de la statuaire antique s'ébauche dans les chantiers de Santa-Maria del Fiore et d'Or San Michele. Dès les dernières années du quatorzième siècle, l'imitation est poussée à l'extrême dans l'*Annonciation* sculptée pour la cathédrale et dont les deux statues, œuvres de l'obscur Jacopo di Piero, sont conservées au petit musée de la Fabrique [1]. L'Ange a la chevelure d'un Apollon, et la Vierge, avec sa tête lourde et sa coiffure à la Titus, ressemble moins à une matrone qu'à un citoyen romain.

---

1. Reprod. dans Venturi, *Storia dell'Arte italiana*, IV, p. 718-719.

# CHAPITRE II

LES marbriers florentins qui retrouvaient la force romaine ont bien été, comme l'a vu Semper, les « précurseurs » de Donatello. Le jeune homme s'est mêlé à leur groupe et s'est associé à leur vigoureux effort pour retrouver la stabilité et la solidité du corps humain. Cependant il est impossible de désigner avec certitude parmi les sculpteurs florentins le maître de Donatello. Dès qu'il apparaît dans une œuvre authentique, il se montre indépendant.

Donatello avait vingt ans lorsque la Fabrique de la cathédrale lui donna l'occasion d'essayer ses forces en l'associant, en 1406, à la décoration du portail Nord. Il ne travailla pas aux bas-reliefs et à leurs charmantes figurines nues : pour son début, il est mis à la discipline sévère de la ronde bosse.

2

Il avait à exécuter deux morceaux de dimensions médiocres, de véritables statuettes, qui étaient destinées à être placées très haut, sur les pinacles où elles sont restées. Sont-ce des prophètes, comme l'indique le contrat, que ces deux statuettes de Donatello? Leur visage, comme leur taille, est d'un enfant. L'un d'eux reste embarrassé dans un manteau qui forme les plis en croissant d'une draperie du quatorzième siècle. L'autre s'affranchit déjà des conventions vieillies et des vêtements qui masquent le corps. Sa tunique colle aux épaules et à la poitrine. Le manteau jette par devant un pli transversal qui suit la jambe droite, légèrement ployée; il laisse libre et nue la jambe gauche, celle dont le pied s'appuie fortement au sol et supporte le poids du corps. Le prophète enfant, râblé et joufflu, est plus solide et plus plébéien que les amours et les dieux groupés au-dessous de lui, parmi les acanthes du portail.

Cette statuette venait d'être payée à Donatello lorsqu'il reçut, au commencement de l'année 1408, la commande d'un autre prophète de marbre : un David, qui devait, cette fois, être de grandeur naturelle, et juché beaucoup plus haut que les deux petits prophètes, sur l'un des contreforts du transept nord de la cathédrale. La statue était achevée au mois de juin 1409. Elle parut sans doute trop petite, une fois en place, et fut ramenée à terre dès le mois de juillet[1]. Elle est aujourd'hui au Musée National.

Le *David* de Donatello était destiné à prendre place à côté d'un *Isaïe* sculpté par le plus robuste des marbriers florentins, Nanni di Banco. L'*Isaïe* a disparu ; les quatre saints, patrons des corporations du « bâtiment »[2], que Nanni plaça tous quatre, en cette année 1408, dans la plus large des niches gothiques d'Or San Michele, ont la tête massive et la forte mâchoire des vieux « togati », et sous leur manteau on sent bomber leur torse. Le *David* n'a ni leur costume, ni leur carrure, ni leur âge. Il est encore drapé à la façon du plus vigoureux des deux prophètes enfants ; mais la draperie dégage plus complètement la jambe qui est nue. Torse et bras sont moulés dans un costume qui n'a plus rien d'antique ni de traditionnel : un mince pourpoint lacé aux épaules et aux flancs. L'inflexion très prononcée de l'attitude, qui est encore le hanchement du quatorzième siècle, semble toute naturelle. Elle est à la fois souple et un peu gauche, comme tout le long corps de ce grand garçon. Il est inutile de chercher ici

---

1. Donatello fut chargé de modeler, pour prendre la place du *David,* une statue beaucoup plus grande, en terre cuite crépie de blanc pour imiter le marbre. Ce géant fragile a depuis longtemps disparu.

2. Ce sont quatre sculpteurs de Pannonie (d'autres disent cinq), qui furent martyrisés à Rome sous Dioclétien.

un modèle antique. C'est un camarade d'atelier, du même âge que le sculpteur, qui a dû prendre cette pose, après avoir noué une pièce de drap, en manière de manteau, par-dessus sa jaquette de travail. La couronne de feuillage, qui nous fait penser à l'antique laurier, n'est peut-être qu'un de ces chapeaux de verdure que les jeunes gens portaient dans les fêtes florentines (Pl. 1).

Jamais un sculpteur chrétien n'avait imaginé ainsi le roi David, sans la cithare du psalmiste, ni la couronne des rois ancêtres du Christ. Ce sont les peintres toscans qui, les premiers, avaient représenté le berger vainqueur du géant. Donatello reprend l'image peinte par Taddeo Gaddi à Santa Croce, dans la chapelle de la Vierge. Il ne rappelle le salut d'Israël que par la couronne champêtre et par la tête coupée. Le jeune Florentin qui tient la place du *David* laisse pendre sa fronde d'une main si négligente, qu'il faut deviner son geste. Insouciant de son rôle épique, il ne semble respirer que la joie d'être jeune.

A peine achevée, la statue perdit son sens sacré. Elle était restée dans les magasins de la Fabrique. En 1416, les prieurs et le gonfalonier de justice la firent transporter au palais du Peuple, où Donatello lui-même l'érigea sur un socle : elle devint là comme une personnification de la victoire.

Du premier coup, Donatello s'était placé en

Planche I.

DAVID VAINQUEUR.

Marbre.

Florence. Musée National.

dehors des traditions de la sculpture religieuse,
des modèles de la sculpture antique, de tout ce
qui était héritage du passé. Il donnait la mesure
de sa puissance et de son indépendance, qui ont
dû étonner les contemporains et qui doivent nous
étonner. Quel est, même en Grèce, le sculpteur
qui, à vingt ans, ait sculpté la statue de sa propre
jeunesse?

En 1408, un de ces concours que les Florentins
se plaisaient à multiplier avait été proposé par la
Fabrique de la cathédrale à Niccolà di Piero Lamberti, à Nanni di Banco et à Donatello. Chacun
d'eux avait à sculpter un des évangélistes, et le
quatrième devait être commandé à l'artiste qui
ferait la meilleure statue. D'ailleurs, dès 1409, le
concours était oublié et le quatrième marbre confié
au médiocre Ciuffagni. L'évangéliste de Donatello
ne fut achevé qu'en 1415. C'est saint Jean, dont la
statue fut transférée, au milieu du seizième siècle,
dans l'intérieur de la cathédrale. L'évangéliste
est assis, comme le *saint Luc* de Nanni di Banco.
Ce saint Luc est robuste et grave; il médite, dans
une attitude légèrement inclinée, appuyé d'une
main sur un genou. On sent qu'il pourrait se
redresser, et qu'il est prêt à se lever. Le *saint Jean*
de Donatello est moins réel et plus lointain. Il
semble assis pour l'éternité. Le torse tout droit
paraît, malgré sa largeur, d'une hauteur énorme; la
tête seule, petite pour le corps, est légèrement

tournée vers la droite; le regard, triste et dur,
jaillit sous les sourcils froncés. Plus d'un arrangement est encore conforme aux habitudes du
quatorzième siècle; la barbe, très longue, est
ondulée régulièrement; un grand pli courbe se
balance d'un genou à l'autre. Donatello a donné
au Voyant de l'Apocalypse la grandeur redoutable
d'un prophète. Cet homme de la Bible n'appartient
pas à la Renaissance. La vie nouvelle ne circule
que dans ses mains, qui reposent sur le genou et
sur le livre, pesantes et noueuses, et dont les
veines se gonflent de sang.

Donatello, tout en restant attaché au chantier
de la cathédrale, commença à travailler pour les
piliers d'Or San Michele qui attendaient leurs
statues. Nicolas d'Arezzo n'avait pas livré une statue en marbre de saint Marc, commandée par les
tisseurs de lin *(linaiuoli);* elle lui fut enlevée et
confiée à Donatello en 1411. Il est probable que
celui-ci avait déjà terminé alors le *saint Pierre* des
bouchers, que Vasari compte parmi les œuvres de
jeunesse de Donatello. Il pourrait remplacer dans
la niche des Quatre Saints l'un des *togati* de
Nanni di Banco : il porte leur manteau de bon
drap, dont la lisière garde l'ondulation du neuf;
mais il est moins trapu et moins lourd [1].

1. Plusieurs critiques ont proposé de rendre à Nanni di Banco
ce *saint Pierre,* dont aucun document ne mentionne la date ni
l'auteur. Un détail tout matériel, dans l'exécution du marbre,

Donatello, en sculptant le *saint Marc,* lui a donné un hanchement très sensible; il a conservé d'autres conventions, comme les frisures à l'ancienne mode de la barbe patriarcale. La tête est petite, surtout par rapport aux mains, qui sont, comme celles du *saint Jean,* des mains de bon ouvrier. La main droite, qui n'a rien à tenir, s'appuie fortement à la cuisse, en ployant le poignet avec une brusquerie inattendue, qui était déjà sensible dans le bras droit du *David* et qui se répète dans les statues de Donatello, comme un « tic » de famille. Le corps de saint Marc est solide et bien équilibré. La draperie, dont la bordure conserve les ondulations marquées sur le manteau du *saint Pierre,* souligne le mouvement du corps par des contrastes fortement exprimés : des plis droits et cannelés, comme la tunique de l'*Aurige* de Delphes, tombent devant la jambe droite, qui, rigide, supporte le poids du corps ; des plis souples, traversés par une arête diagonale, enveloppent la jambe gauche, qui est fléchie et libre. Dans l'enfoncement de l'arcade sourcilière, dont le muscle est marqué par la ride qui barre le

donne une indication à retenir en faveur de Donatello : c'est la *frange* sculptée au bas de la tunique. Elle reparaît, exactement traitée de même, et nettement distinguée de la lisière ondulée, sur les deux statues de David et de saint Marc, tandis qu'elle ne se retrouve pas sur les statues authentiques de Nanni di Banco.

front, le regard montre une sérénité inébranlable.
La pupille creusée largement donne aux yeux une
douceur et une profondeur qui manquent aux yeux
du *saint Pierre* (Pl. 2). L'apôtre de Donatello est
fait pour attirer les hommes, non par la révélation
du merveilleux, dont s'enchantait le moyen âge,
mais par l'ascendant d'une âme dont le calme éner-
gique commande la confiance. C'est ce que Michel
Ange a exprimé un jour, en disant, devant le *saint
Marc* d'Or San Michele, qu'on ne pouvait refuser
de croire à l'évangile annoncé par un si brave
homme *(uomo da bene)*.

Dans l'année 1416, où le *David* de marbre fut
transporté au palais de la Seigneurie, Donatello
acheva une autre statue de la jeunesse virile.
Le⁻ catteurs d'armures *(corazzai)* lui avaient de-
..andé, pour leur niche d'Or San Michele,
l'image de leur saint patron. C'était le saint en
qui toute la chrétienté voyait le type du chevalier, celui auquel pensaient les jeunes filles de
Toscane, quand elles disaient de leur amoureux :
« C'est un beau saint Georges. » La statue originale de marbre, que les intempéries menaçaient
de dégrader, a été transférée de nos jours au
musée du Bargello, et remplacée dans sa niche
gothique par une copie exécutée en bronze. Cette
transmutation de matière a rendu plus visible une
vérité artistique : le *saint Georges* est un marbre
qui a la silhouette légère et nerveuse d'un bronze.

Planche II.

SAINT MARC.

Marbre.

Florence. Or San Michele.

SAINT GEORGES.

Marbre.

Florence. Musée National.

Planté d'aplomb sur ses deux semelles de fer et appuyé sur son bouclier fiché en terre, le guerrier se tient debout comme un trépied de métal. L'armure de plates et le plastron de cuir sont moulés sur le corps ; le *paludamentum* à l'antique, noué sur la poitrine, est rejeté derrière les épaules et retombe jusqu'à terre. La draperie est reléguée dans l'ombre, tandis que le corps se dresse libre et fier (Pl. 2).

Les marbriers florentins imitateurs de la statuaire romaine sont distancés : la silhouette du *saint Georges* ne peut faire penser qu'à l'art grec. L'athlète des grands jeux helléniques gardait dans le bronze ou le marbre les signes de sa force victorieuse, même s'il n'avait en main aucun accessoire de gymnastique ; de même ce jeune homme, qui ne porte ni le casque au front, ni l'épée au côté, et qui n'a qu'une arme défensive, est si bien campé, le corps tout entier rejeté de côté, comme prêt à se mettre en garde, le visage et le regard droits, comme pour un défi, qu'il est devenu, dans le monde moderne, le type accompli du combattant. Mais le calme des héros antiques et du *David* aux yeux sans pupilles n'est plus dans les yeux de ce Florentin. Hardiment troués, comme les yeux du *saint Marc,* ils dardent, sous les sourcils froncés, un regard d'une acuité presque douloureuse. La vie qui brille en eux est ardente, nerveuse, moderne. En face de ce jeune homme, les hommes

de Nanni di Banco sont des ancêtres déjà vieillis,
le *David* un précurseur incertain, que son apparition fait reculer dans le passé.

Le patron des batteurs d'armures tient un bouclier traversé de la croix, qui était l'emblème du
peuple florentin, comme le lys rouge celui de la
ville. Mais est-il seulement un défenseur de Florence, un jeune capitaine du peuple? Ne semble-
t-il pas chercher au loin une conquête qui l'attend?
Vienne l'âge et le jeune saint connaîtra les ambi-
tions du condottiere. Il est un homme des générations qui s'élèvent, et son regard est tourné vers
les temps nouveaux.

# CHAPITRE III

---

## LA MISÈRE HUMAINE

L'ÉGLISE florentine de Santa Croce conserve un *Crucifix* en bois, de grandeur naturelle, que Donatello sculpta, dit Vasari, « avec des soins extraordinaires » *(con straordinaria fatica)*.

Le Christ en croix, la victime émaciée, pantelante, qui incline sa tête convulsée pour rendre l'esprit, était une image consacrée en Toscane, depuis que la douleur humaine contenue dans l'Évangile s'était épanchée dans la poésie et dans l'art franciscain. Quel Christ Donatello a-t-il placé dans la grande église franciscaine de Florence? Un homme sain et robuste, dont le torse de soldat, cambré et musclé, semble porter au côté la blessure d'un coup d'épée. Et voici ce que raconte Vasari :

Quand Donato eut fini, croyant avoir fait une chose des plus rares, il montra son *Crucifix* à Filippo di

Brunellesco, son ami très cher, pour avoir son avis ; ledit Filippo, qui s'attendait à voir quelque chose de bien meilleur, sourit un peu, en voyant l'œuvre. Alors Donato le pria, au nom de leur grande amitié, de lui dire ce qu'il en pensait. Filippo, avec sa franchise ordinaire, répondit qu'il lui semblait voir sur la croix un paysan, et non un corps semblable à Jésus-Christ, qui était d'une beauté raffinée *(delicatissimo)* et l'homme le plus parfait qui fût jamais né. Donato se sentit touché ; il repartit : « S'il était aussi facile d'exécuter que de juger, mon *Christ* te paraîtrait un Christ ; mais allons, prends du bois et essaie d'en faire un à ton tour. » Filippo ne dit mot ; revenu chez lui, il se mit, sans que personne le sût, à faire un *Crucifix*.

Le *Crucifix* de Brunellesco est à Santa Maria Novella ; nous pouvons juger ce concours, ouvert entre les deux amis, en allant de l'église franciscaine à l'église dominicaine. Le second *Christ,* long, maigre, sec, avec ses tendons raidis, sa tête qui tombe dans l'ombre de sa longue chevelure, c'est le Christ de la piété franciscaine, dont les âmes pieuses avaient la vision, en se souvenant de Giotto.

Or, reprend Vasari, quand Brunellesco eut fait son travail, il invita un matin Donato à déjeuner avec lui. A la vue du crucifix, exposé dans l'atelier, en bonne lumière, Donatello resta stupéfait, les yeux hagards. Et comme Filippo s'approchait en riant : « Pour ce matin, dit le sculpteur, j'ai mon compte. N'en parlons plus : à toi de faire des Christs, à moi, des paysans. »

L'anecdote a pu être « arrangée », sinon inventée, dans les ateliers florentins : le biographe

anonyme de Brunellesco n'en dit rien; elle n'est
racontée que par Gelli et par les premiers anna-
listes de l'art italien, au commencement du seizième siècle. Pourtant le mot que Vasari prête
à Donatello peut être retenu comme une formule
expressive et juste. « A toi l'idéal, tel que l'a conçu
la piété des générations, le Christ des moines
mendiants, qui sera reconnu par ses adorateurs; à
moi l'homme, à moi la réalité, fût-elle plébéienne
et grossière. » Et les deux œuvres illustrent l'anti-
thèse. Brunellesco, qui, lors du concours du
Baptistère, avait choqué les juges et émerveillé les
artistes par une violence de novateur, est resté,
en sculptant son crucifix, beaucoup plus près de
la tradition que son ami.

Il serait intéressant de savoir en quelle année de
leur vie tous deux se sont ainsi mesurés : ce ne peut
être évidemment, comme semblerait l'indiquer Vasari, avant le concours de 1401. L'architecture solide du corps, la sobriété même du travail, permettent de placer avec vraisemblance le *Christ* de
Santa Croce vers le temps du saint Georges. En
1426, Masaccio s'est souvenu du *Crucifix* de Donatello, et non de celui de Brunellesco, lorsqu'il a
peint une *Trinité* à fresque, dans l'église même de
Santa Maria Novella. Il est probable que le *Christ*
de bois a été le premier nu de Donatello. Le sculpteur a pris, comme le dit Vasari, un modèle dans
le peuple et il en a fait une étude franche et vigou-

reuse, en taillant le chêne aussi habilement que le
marbre [1]. Mais ce crucifix n'est pas une simple
étude. Le visage, qui n'a rien de divin, exprime le
drame de la mort avec une vérité et une force que
n'avaient pas les grimaces terribles des vieux crucifix penchés à l'entrée des sanctuaires. Les yeux
et la bouche, à demi ouverts, sont hébétés par
l'agonie. Cette statue douloureuse, où la force du
saint Marc et du saint Georges est toujours présente, mais vaincue et mourante, devait être accompagnée de bien d'autres, plus brutales dans leur
âpre et triste vérité.

Quand Donatello eut atteint sa trentième année,
il se détourna quelque temps de l'oratoire où il
laissait deux statues déjà entourées de l'admiration des artistes. Il revint à la cathédrale, pour
tailler dans le marbre toute une série de Prophètes,
debout et plus grands que nature, qui devaient
prendre place dans les hautes niches du Campanile. Deux de ces géants lui étaient commandés
dès 1415, peut-être avant le *saint Georges*.

Pour abattre la besogne, Donatello s'entoura de
praticiens. C'est alors que commence son rôle de
chef d'atelier, qu'il devait tenir jusqu'à sa mort, en
changeant de bras suivant les entreprises et les
lieux. Le plus actif et le plus indépendant de ses

1. Dans un contrat de 1423 avec la Fabrique de la cathédrale
d'Ovieto, Donatello est cité comme marbrier et sculpteur de bois,
en même temps que comme bronzier.

premiers collaborateurs fut Giovanni (ou Nanni) di
Bartolo, dit il Rosso. Il a sculpté pour le Campanile, avec Donatello, un groupe du *Sacrifice
d'Abraham*. C'était le sujet du concours dont Ghiberti avait été le vainqueur. Le groupe du campanile reproduit manifestement le bas-relief modelé
par Brunellesco, l'ami de Donatello. Mais l'enfant
nu, qui était placé de profil sur le bronze, se présente dans le marbre exactement de face, et son
genou ployé pointe en avant. Il est impossible de
traduire plus hardiment un bas-relief dans la langue
de la ronde bosse : le père et le fils ne font qu'un
bloc. La maquette de ce groupe, le premier
groupe vraiment « statuaire » qui eût été conçu
depuis l'antiquité, a été certainement donnée par
Donatello. La tête même du patriarche, si puissante que sa majesté a quelque chose d'animal,
est une copie soignée d'un modèle ébauché par le
maître. Elle est bien faite pour une statue qui devait
être placée haut dans les airs : la barbe, encore par-
tagée en ondes régulières, est plaquée sur la poitrine par le vent qui chasse en arrière la chevelure
d'Isaac ; les yeux du vieillard, levés vers le ciel de
Florence, attendent l'apparition de l'ange au-dessus
des toits et des tours.

Le groupe du *Sacrifice d'Abraham* a été achevé
en 1421. En dépit de sa masse robuste, il conserve,
avec le souvenir d'un bas-relief resté célèbre dans
les ateliers depuis vingt ans, des formes tradition-

nelles, tirées du *Trecento* ou de l'antiquité, dans le type barbu du patriarche et dans le nu même de l'adolescent. Ce groupe demeure isolé au milieu des statues du campanile dont Donatello lui-même a donné le modèle complet, ou dont il a terminé l'exécution de sa main.

L'histoire de ces statues a été quelque peu débrouillée par la publication exacte des documents de la Fabrique, que M. Poggi vient de donner. Deux faces du campanile attendaient encore leurs statues au commencement du quinzième siècle. Donatello et Giovanni Rosso eurent à travailler d'abord pour celle de l'est, qui regardait l'abside de la cathédrale. En 1422, les quatre niches de cette face reçurent leurs statues, dont l'une était le groupe d'Abraham. Le document ne nomme pas les sculpteurs. Restait la façade du nord, dont les niches s'ouvraient en regard de la façade latérale de l'église et dont les statues devaient être peu visibles d'en bas, faute de recul. L' « Abdias » de Giovanni Rosso y fut placé dès 1422. Les trois statues qui devaient l'accompagner avaient été commandées à Donatello. L'une était terminée en 1423, une autre en 1426. Le sculpteur fut alors détourné du campanile et de Florence par des entreprises nouvelles. C'est seulement au milieu de sa carrière que les deux derniers de ses prophètes furent hissés dans leurs niches, en 1435 et 1436. Deux ans avant la mort de Donatello, ses trois statues de la face nord, considérées comme des œuvres illustres, furent transportées, avec l'*Abdias* du Rosso, sur la face du campanile qu'éclaire le couchant et que voyaient d'abord ceux qui venaient du baptistère. Les statues de Donatello et du Rosso prirent la place de quatre statues, sculptées dès le quatorzième siècle, et qui furent reléguées à leur tour dans les niches de la face nord.

On peut donc distinguer deux séries dans les prophètes sculptés par Donatello pour le campanile : la première, qui comprend des statues destinées à la face orientale et mises en place dès 1422 ; la seconde, composée des statues placées d'abord sur la face nord, puis sur la face ouest, et dont les dates oscillent entre 1423 et 1436. Ces dernières statues ont-elles attendu jusqu'à la fin les coups décisifs du ciseau? Il est certain que l'une d'entre elles se trouvait achevée dès 1426, dix ans avant sa mise en place. Les prophètes sculptés pour le campanile composent, dans l'œuvre de Donatello, un groupe indissoluble, qui se place, dans la carrière du sculpteur, entre la trentième et la quarantième année.

On voudrait suivre l'artiste de près, dans ces années, où son sens de la vie se modifie profondément. Mais il reste difficile d'appliquer des documents, qui, pour la plupart, ne mentionnent pas les noms des prophètes représentés, à des statues qui ne portent pas toutes un nom ou un verset. Le

caractère même des œuvres n'est pas en rapport
direct avec la place qu'elles occupent et la date
qui doit correspondre à cette place.

L'une des statues de la seconde série, probablement la statue qui fut achevée en 1423, est un jeune
homme qui a repris la pose du *saint Georges*. Les
deux pieds écartés s'appuient également sur le
socle; le regard porte au loin. Cependant le torse
et le cou sont légèrement infléchis vers la droite,
par un retour vers la pose du *David;* le manteau
est drapé comme celui du jeune vainqueur de Go-
liath, et cache une des jambes. Le corps est plus
épais que le corps du *saint Georges,* plus court et
plus mâle : on croirait voir le valet d'armes à la
suite du chevalier.

Le jeune homme tient de ses deux mains, dis-
traitement, un parchemin sur lequel sont gravés
les mots : *Ecce Agnus Dei.* Sans l'inscription, qui
pourrait reconnaître, dans ce solide estafier, saint
Jean-Baptiste, le précurseur maigre et hirsute,
vieilli dans les austérités? Donatello rompt décidé-
ment avec toute tradition : le *Baptiste,* comme
*David,* n'est pour lui qu'un prétexte à une étude
d'après nature. Une fois encore, il prend pour
modèle un homme de son âge, comme s'il voulait
donner à son œuvre quelque chose de lui-même.

Quelques années se sont écoulées entre le
*saint Georges* et le *saint Jean.* Celui-ci est moins
jeune et moins fier. Le pli amer des lèvres

semble contredire la résolution du regard. Près du
héros dont la jeunesse affrontait l'avenir d'un air
de défi, l'homme du campanile semble mûri et at-
tristé. Déjà, en s'attaquant aux statues qui précé-
daient immédiatement le *saint Jean,* le sculpteur
disait adieu à cette jeunesse qu'il avait incarnée
dans une œuvre superbe.

Sur la face orientale du campanile, le groupe
d'Abraham est accompagné de trois statues, dont
l'une est du Rosso. Peut-on reconnaître dans les
deux autres les deux statues commandées à Donatello en 1415 et achevées, d'après les documents,
l'une en 1418, l'autre en 1420? La statue placée
dans la niche la plus proche de la cathédrale est
un vieillard à longue barbe, drapé gauchement et
bas sur jambes, qu'il est impossible d'attribuer à
Donatello. La statue qui lui fait pendant, sur la
même face et à l'angle opposé, est l'œuvre puissante et profonde d'un maître.

C'est un homme dans la force de l'âge, comme
le *saint Marc.* Le thème plastique se retrouve le
même, après une dizaine d'années ; mais l'artiste a
changé.

La draperie, tunique et manteau, ne dessine plus
de lignes assez nettes pour accompagner un mouvement, en le suivant à l'unisson, ou en l'enveloppant d'une arabesque. Plus de barbe opulente et
fleurie : le prophète est rasé comme un Florentin,
et à moitié chauve. Les tendons du cou font saillie

comme des cordes ; les plis de la face creusent de profonds sillons. Le « Prophète » tient, comme le *Baptiste* un parchemin qu'il ne lit pas. Les yeux baissés, il montre la gravité douloureuse d'un homme d'État philosophe méditant sur les misères du pouvoir.

Une autre statue, placée à l'intérieur de la cathédrale, semble en vérité avoir été faite pour servir de pendant à l' « Homme d'État » du campanile. Elle a même attitude de corps et de tête, même vêtement et draperie semblable. Le Prophète de la cathédrale est seulement plus vieux et plus chauve. Encore vigoureux, mais décharné, la peau flasque, les paupières lourdes et les joues pendantes, il laisse tomber de ses yeux clignotants et de sa bouche molle le sourire sceptique d'un humaniste.

Avant de trouver un abri dans la cathédrale, ce vieillard avait figuré, au quinzième et au seizième siècle, parmi les statues rangées dans les niches de l'interminable façade. Mais il faut noter qu'aucune statue de Donatello n'a été, d'après les documents, commandée pour la façade, après le *saint Jean* assis qui faisait partie du groupe des *Évangélistes*. Si, comme tout porte à le croire, l' « Humaniste » de la cathédrale est bien le contemporain et le pendant de l' « Homme d'État » du campanile, on peut reconnaître en lui l'une des deux statues commandées pour le campanile, en 1415. La statue du vieillard aura été ensuite, et pour une raison

quelconque, affectée à la façade de la cathédrale,
— comme le fut un prophète de Ciuffagni, d'abord
commandé pour le campanile, — et la niche qui
lui avait été réservée aura été occupée, peut-être
dès 1422, par l'insignifiant patriarche qui se
caresse la barbe.

Les deux *Prophètes* âgés, celui du campanile et
celui de la cathédrale, n'ont pas été sculptés tout
entiers par Donatello. Les reliefs et les creux des
draperies sont indécis et monotones. Les têtes
seules sont accentuées avec une intensité qui
révèle le créateur. Maintenant son œil et sa main
distinguent et marquent, jusque dans l'expression
la plus profonde de la vie, des nuances que l'artiste n'avait pas senties au cours de sa féconde
jeunesse. La matière vivante n'est pas la même
dans les deux têtes du « Philosophe » et de
l' « Humaniste » : celle-là est d'une pulpe encore
solide et dure, qui garde, malgré la franchise des
méplats, des surfaces bombées et lustrées comme
celles d'un buste de bronze antique ; l'autre est
transformée par le sculpteur en une matière molle,
où le ciseau semble mordre comme un ébauchoir,
pour creuser les sillons qui dessinent un rictus de
vie sur le masque blafard.

Rien, dans la sculpture italienne, n'annonçait
une telle œuvre, qui, échappant à toute tradition,
artistique ou religieuse, veut immobiliser à la fois
et l'expression du modèle et l'impression de l'ar-

tiste. Mais, en fixant pour jamais le sourire d'une face décrépite, Donatello n'a fait qu'essayer son audace. Les deux prophètes qui ont été placés les derniers dans les niches du campanile, à côté du *saint Jean-Baptiste,* sont des apparitions plus imprévues encore et plus saisissantes que le vieil « Humaniste ». Lors du transfert de 1465, ils ont été posés sur deux socles qui portaient, depuis le quatorzième siècle, les noms des rois David et Salomon. Au-dessus de ces noms, gravés en onciales gothiques, on peut lire la signature gravée par deux fois, sur la base même des deux statues, en capitales romaines : *Opus Donatelli* (Pl. 3).

Ce sont encore deux hommes d'âge mûr, dont l'un est plus vieux que l'autre et plus laid, si laid qu'il en devint fameux dans Florence, au temps de Vasari, et peut-être au temps même de Donatello. Il eut son surnom; on l'appela, à cause de sa tête large et de son crâne dégarni, « la Vieille Courge », *Zuccone.* L'autre, dont le parchemin porte gravé en abrégé le nom de *Jérémie,* est un plébéien musculeux et trapu, qui respire la force : on peut l'appeler l' « Homme du Peuple », le *Popolano.* Tous deux ont dépouillé la tunique à manches de l'apôtre et du prophète. Le *Zuccone* a passé une tunique nouée à l'épaule, largement échancrée sur la poitrine, et qui laisse les bras complètement nus; le *Popolano* se passe même de cette chemise : il montre sans vergogne l'un de ses pectoraux, à côté

Phot. Alinari.

Planche III.

LE « POPOLANO ».

(PROPHÈTE JÉRÉMIE.)

Marbre.

Florence. Campanile.

LE « ZUCCONE ».

(LA VIEILLE COURGE.)

(PROPHÈTE ANONYME.)

Marbre.

Florence. Campanile.

de son biceps. Comme son compagnon, il a jeté
sur son épaule gauche une sorte de couverture.
L'étoffe est lourde et rude; les plis ne forment
plus d'arêtes vives, ni de courbes régulières. Devant la statue du *Zuccone,* ils tombent de tout leur
poids, attirés obliquement vers la droite de l'homme
par les plis transversaux qui se creusent et se
gonflent sur le flanc, avec les cassures et les
soubresauts d'une toile à voile. Devant l'autre
statue, ils se tordent et se convulsent, en proje-
tant dans les directions les plus opposées des
crêtes, que séparent des ravins abrupts et des pré-
cipices d'ombre.

Les hommes qui soutiennent cette draperie ro-
cailleuse n'ont plus la solidité du *saint Jean,* leur
voisin. Leur masse a quelque chose d'instable, et
il semble qu'ils vont être obligés de faire un pas.
Leurs corps ne sont pas soumis aux proportions
des marbres antiques. Le *Zuccone* est un grand
diable, qui a une demi-tête de plus que son
compagnon, les épaules plus carrées, mais plus
étroites, les bras moins charnus. Tous deux, en
posant devant le sculpteur, sont embarrassés de
leurs mains; ils tiennent l'un et l'autre la main
droite collée à la cuisse, comme le *saint Marc.* Le
*Zuccone* a passé la sienne dans une ceinture basse,
où elle est logée comme dans la poche d'une escarcelle. Le *Popolano* a caché sa main gauche sous
sa draperie et tient comme il peut son parchemin à

travers l'étoffe; le *Zuccone* ne tient rien, et sa main gauche, ne sachant que faire, s'applique à la draperie, comme si elle voulait s'y essuyer.

Certes ces attitudes n'ont rien d'héroïque. Mais il faut regarder les deux têtes! Celle du *Popolano*, portée par un cou d'athlète, est large, carrée, charnue, comme la poitrine; les yeux très grands, et à fleur de tête; la bouche fermée à bloc par l'effort d'une lèvre inférieure énorme; le front barré, à la racine du nez, d'un pli sur lequel se prolongent les sourcils touffus. Les cheveux sont drus; la barbe mal rasée et plantée en broussaille. On penserait à ce vieux lutteur de la révolte des Ciompi, qui eut pour fils Donatello, si le redoutable Niccolò Bardi n'était pas mort avant 1417.

Le *Zuccone* est hideux, avec son crâne en pointe, la barbe et le cheveu rares, le nez long, la bouche ouverte, la lèvre pendante. Les yeux sont sans pupilles, pâles et vides, tandis que le *Popolano*, avec ses prunelles trouées, roule de gros yeux noirs. Donatello a encore indiqué dans le marbre de ces deux statues d'autres effets de couleur. Le *Popolano* a des cheveux gris et une barbe qui teint le menton, tandis que le *Zuccone* ne montre que des restes de barbe et de cheveux blancs.

Aucun des prophètes du campanile ne peut plus passer pour un type universel, un exemplaire de la race des forts qui habite l'épopée et vit à travers les siècles. Le *saint Jean* de la cathédrale, le

*saint Marc* d'Or San Michele, le *saint Georges,*
c'est le *Prophète,* l'*Apôtre,* le *Soldat.* Quels noms
donner aux vieux géants qui n'ont jamais eu, peut-
être, de nom biblique? Le seul nom qui s'attache
à l'un de ces « prophètes », c'est celui de la
« Vieille Courge » : si l'homme représente un
groupe humain, c'est la famille des dolichocéphales.

Les « prophètes » de Donatello sont des Florentins du quinzième siècle. Les artistes de Florence
le savaient : au temps de Vasari, ils se disaient les
noms des modèles. Le *Zuccone,* c'était Giovanni di
Barduccio Cherichini; le *Popolano,* celui que nous
aimerions à appeler « le père de Donatello »,
c'était Francesco Soderini. L'*Humaniste,* le vieillard au sourire sceptique, serait en vérité l'un des
précurseurs et des princes de l'humanisme, Pog-
gio Bracciolini. Mais ce nom doit nous rendre les
autres suspects : Pogge était en Allemagne [1] et
y chassait le manuscrit, au temps où Donatello
sculptait, sans doute pour le campanile, le prophète qui est dans la cathédrale.

Peu importent les noms. Il est certain que Donatello a pris prétexte d'une commande de statues
colossales pour livrer à la Fabrique une série de
portraits. Si l'*Humaniste* était aussi dévêtu que le
*Zuccone,* il nous rappellerait, avec sa face ironique
et son corps de vieux, le Voltaire demi-nu de Pigalle.

1. De 1404 à 1423. La statue elle-même ne ressemble pas
aux médailles qui conservent le profil de Pogge.

Le contraste est si brutal avec la noblesse tout italienne du *saint Georges* que plusieurs critiques se sont demandé si Donatello n'aurait pas été jeté hors de la voie où il s'était avancé d'abord par un choc : la révélation d'un réalisme étranger à l'Italie. Il est vrai que le *Zuccone* est plus éloigné du *saint Marc* que de tel prophète de Claus Sluter; comme les deux Juifs du Puits de Moïse, le Zacharie emporté dans une discussion violente, et l'Isaïe qui ploie l'échine, avec l'attirail de son escarcelle et de son grand livre d'argentier, le Florentin glabre est un portrait à la fois chargé et grandi, un peu ridicule et presque effrayant. Mais comment Donatello aurait-il pu connaître le monument de Dijon?

Les seuls étrangers qui, à la fin du quatorzième siècle et au commencement du quinzième, soient venus du Nord en Toscane, pour y faire métier de sculpteurs, sont des Allemands. Il faut laisser de côté le « Tedesco » Piero di Giovanni, qui oublia tout souvenir de son pays natal, pour se mettre à imiter l'antique, comme un bon praticien, perdu dans le groupe des marbriers florentins. Ghiberti a parlé, dans le second de ses *Commentaires*, d'un autre Allemand, dont il conte l'histoire merveilleuse à la façon d'une nouvelle de Sacchetti.

Il s'agit d'un très savant maître, originaire de Cologne, qui avait suivi en Italie le duc Louis II d'Anjou, prétendant au trône de Sicile. C'était un

sculpteur et un orfèvre, comme les maîtres florentins. Il avait fait pour le duc un retable en or, du
plus beau travail. « Or il vit détruire l'ouvrage qu'il
avait fait avec tant d'amour et d'art, lorsque les
finances du duc furent épuisées. Alors, voyant que
le fruit de ses fatigues allait disparaître, il tomba à
genoux, et élevant ses yeux et ses bras au ciel, ils
s'écria : « O Seigneur, qui gouvernes le ciel et la
« terre, toi qui as créé toutes choses, ne supporte
« pas que dans mon ignorance j'aille chercher un
« autre que toi; aie pitié de moi! » Ensuite, il se
retira dans une grotte, sur une montagne, et là il
fit pénitence jusqu'à la fin de ses jours. » Ghiberti
nous apprend que des jeunes gens, qui voulaient
se faire sculpteurs, « allèrent demander à l'étranger des conseils dans son ermitage ». On voyait à
Florence même des moulages exécutés d'après les
statues de cet Allemand : *molte statue formate sulle
sue.*

Voilà donc un Colonais qui est venu en Italie
déjà célèbre et qui s'y est fixé. Ses modèles se
sont répandus dans les ateliers florentins et il a
mérité de tenir plus de place qu'un Phidias ou
qu'un Niccolà Pisano dans l'écrit où un Ghiberti a
résumé tout ce qu'il savait sur l'art des anciens et
des modernes. Le nom de cet Allemand n'a pas été
retrouvé par l'érudition allemande. Tout récemment
l'historien italien Adolfo Venturi s'est demandé si
cet étranger ne serait pas un mythe formé à dis-

tance par la renommée de Claus Sluter lui-même.
Il est vrai que le sculpteur de Philippe le Hardi
finit sa glorieuse vie dans un cloître. Mais ce
cloître était à Dijon. Ghiberti nous apprend que
le Colonais mourut avant le retour de la papauté à
Rome, c'est-à-dire avant 1417. La date même de
son arrivée en Italie est donnée très exactement
par l'histoire du prince français que suivit l'artiste.
Le retable d'or emporté par le duc d'Anjou dans
son expédition a été fondu immédiatement après
la bataille de Roccasecca, en l'année 1411, — soit
cinq ans après la mort de Sluter.

L'art que le maître colonais fit connaître à
quelques sculpteurs italiens était à coup sûr très
différent de l'art puissant et viril des Hollandais et des Flamands de Dijon : c'était un art
d'orfèvre. Ghiberti, le sculpteur des portes du
Baptistère, semble décrire ses propres ouvrages,
en décrivant ceux de l'étranger : « Par leur fini,
ils rappelaient ceux des anciens sculpteurs grecs.
Il excellait dans les têtes et toutes les parties nues
des corps... Il y avait dans ses œuvres une grâce
exquise. »

Le problème que pose la page des *Commentaires*
de Ghiberti n'intéresse en aucune manière la connaissance de Donatello et de son œuvre. Pour
Sluter, s'il ressemble à Donatello, c'est simplement que leurs deux génies, tous deux robustes et
violents, sont frères. Les recherches les plus

savantes n'ont pas plus réussi à retrouver un ancêtre légitime du *Moïse* cornu ou de l'*Isaïe* chauve
en Bourgogne ou en Hollande qu'un précurseur
direct du *Zuccone* à Florence. Si l'on examine
les colosses du Puits de Dijon et ceux du campanile florentin, en dépassant la première impression, celle d'une volonté d'artiste qui nous
subjugue et se fait admirer de nous, même en nous
imposant le spectacle de la laideur, quelle com-
mune mesure trouvera-t-on entre les gigantesques
acteurs de Mystère qui récitent leurs prophéties
au pied d'un grand crucifix, chargés de vêtements
épais et d'énormes manteaux, et le *Popolano* qui
ne couvre que d'une sorte de grosse toile sa nudité
athlétique?

Le changement profond de modèles, d'expression et d'accent qui s'accomplit entre le *saint
Georges* et les *Prophètes* du Campanile, dans
l'œuvre de Donatello, ne trouve point d'explication en dehors de Donatello : il se passe tout entier
dans ce monde intérieur où se développe la force
des grands créateurs, et qui demeure inaccessible
à l'histoire.

Le sculpteur s'est détourné de tout ce qui pouvait rappeler les types de beauté virile que lui-
même avait fixés dans le marbre, en se souvenant
du moyen âge ou de l'antiquité. Pour éviter cette
beauté, il est allé chercher les modèles les plus
inattendus et les plus tourmentés. Ainsi il était plus

sûr d'échapper à toute convention apprise. Volontiers eût-il dit, s'il s'était exprimé autrement que par des formes : « Le vrai, c'est le laid. »

Le sculpteur a respecté la laideur dans ses modèles; il l'a aimée. Ce *Zuccone* auquel il a donné une vieillesse immortelle, il avait pour lui, si l'on en croit Vasari, des tendresses de Pygmalion, mêlées de colères soudaines : « Parle, parle, lui criait-il; que la colique te crève[1]! Ne parleras-tu pas ? » Et il jurait par l'amour qu'il portait à son *Zuccone*.

Jamais, en effet, dans le moyen âge, ni dans l'antiquité même, la sculpture n'avait pénétré si profondément dans la réalité humaine. Le front de ces géants porte le poids des années[2]. Donatello a copié à larges coups leur visage et leur corps mêmes, tels que le temps avait achevé de les sculpter, en les usant. De leur force, qui a été redoutable, nous ne voyons que les restes. Ces hommes ont peiné; ils ont souffert. C'est peu de dire qu'ils vivent : ils ont vécu.

De quelles tristesses, de quelles amertumes cachées au plus profond de l'artiste et de l'homme ces prophètes désabusés ont-ils été les confidents ? Tout ce que nous pouvons apprendre par eux, c'est

1. « Che ti venga il cacasangue. »
2. « Conoscendosi nella testa di quello i pensieri, che arrecano gli anni a coloro, che sono consumati dal tempo e dalla fatica » (Vasari, à propos de l' « Humaniste » de la cathédrale).

qu'après sa trentième année, Donatello s'est mis à contempler le monde des vivants avec des yeux douloureusement clairvoyants aux tares et aux misères. En 1421 il acheva une statue de lion en *pietra serena* qui fut placée devant l'escalier d'un palais attenant à Santa Maria Novella. Le *Marzocco,* — c'était le nom populaire des lions de ménagerie — a été transporté au commencement du dix-neuvième siècle devant le Palais de la Seigneurie, et de nos jours au Musée National. Ce lion porte l'écusson de Florence, incrusté d'un lys de marbre rouge, svelte et fin; mais il n'a ni le regard menaçant, ni l'échine musclée du griffon héraldique que Donatello sculpta, quelques années plus tard, pour le palais des Martelli, ses nobles amis. Le *Marzocco* est une bête captive, douloureuse et quelque peu grotesque; avec son long nez, sa gueule entr'ouverte, ses yeux qui semblent avoir pleuré sa force et sa noblesse humiliées, le vieux lion ressemble au *Zuccone.*

D'autres statues, aujourd'hui dispersées, sont, comme les géants du campanile, d'une vérité brutale et amère, bien qu'elles ne se présentent pas comme des portraits directs de contemporains. Plusieurs de ces statues sont des bronzes, pour lesquels Donatello a eu des collaborateurs, comme pour ses marbres.

Le buste reliquaire de *Saint Rossore,* en cuivre doré, qui fut exécuté en 1426 pour l'église floren-

tine d'Ognissanti (Tous les saints), et qu'il faut
chercher aujourd'hui dans une sacristie de Pise, est
celui d'un homme déjà vieux, ridé et maussade,
avec une barbe courte. Le Musée de Berlin possède depuis 1878 une statuette de saint Jean-
Baptiste, en bronze, achetée à la famille Strozzi et
dans laquelle M. Bode a proposé de reconnaître
une œuvre commandée en 1424 à Donatello par
la fabrique de la cathédrale d'Orvieto. Il est indé-
niable, d'abord, que l'œuvre ne saurait être rendue
à aucun autre que Donatello; ensuite, que, dans
l'œuvre du maître, elle se place d'elle-même près
de la date à laquelle a été commandée la statuette
destinée à Orvieto.

Le *saint Jean-Baptiste* de bronze n'a pas la jeunesse du *saint Jean* du campanile. Il est aussi
vieux que le plus vieux des prophètes. Le manteau
tombe de l'épaule, en longs plis obliques, comme
ceux qui descendent devant le *Zuccone*. La tunique
de peau de mouton qui tombe jusqu'au dessous
des genoux laisse à nu les jambes et les bras
osseux. Les gestes de ces bras, dont les doigts
décharnés se crispent sur le parchemin et sur la
tasse baptismale, sont gauches et n'ont rien
d' « appris ». Le crâne pointu et bossué, qui, lui
aussi, fait penser au *Zuccone,* se hérisse de
mèches rudes; des rides profondes creusent la
peau du front, au-dessus du long nez, recourbé et
tranchant, en bec d'aigle. La silhouette, très dé-

coupée, a une dureté métallique qu'accuse encore la ciselure minutieuse des détails. C'est bien le père des anachorètes du désert, le mangeur de sauterelles, que nous voyons, transformé en bronze d'orfèvre. Par le raffinement précieux du travail, comme par le réalisme violent de la conception, le *saint Jean-Baptiste* de bronze est le portrait le plus exact du *Jokanaan* de Gustave Flaubert.

Ce vieillard sombre vivait depuis des siècles dans l'art byzantin. Le sculpteur a eu beau le modeler pour le bronze, en accentuant l'énergie de sa maigreur et les bosses de son crâne ; il n'a fait que prendre possession d'un type consacré.

Un autre *saint Jean-Baptiste,* celui-ci de marbre et de grandeur naturelle, n'a plus rien de ce type ancien. Il est à Florence, au Musée National. Ce *saint Jean* doit être contemporain des prophètes du campanile. C'est un homme jeune, dont la lèvre et le menton sont ombragés d'une barbe légère ; mais il n'a plus la santé robuste du premier *saint Jean-Baptiste* de marbre, frère ou cousin du *saint Georges.* Son visage est hâve et comme fiévreux, la peau tirée sur les pommettes, le nez pincé ; les cordes du cou ressortent comme sur le cou des vieillards que nous avons appelés le « Philosophe » et l' « Humaniste ». L'homme n'est pas de race malingre : ses bras ont été forts, comme ceux du *Zuccone.* Cet homme usé par les austérités, Donatello l'a mis en marche. C'était, dans le monde

4

des imagiers, une audace nouvelle. Déjà le *saint Jean-Baptiste* de bronze est sorti de la niche qui, pour une statue de ronde-bosse, est une prison; mais, en reprenant la pleine liberté de son attitude, il se présente aux regards de face. Le *saint Jean-Baptiste* en marche est saisissant vu de profil (Pl. 4).

Aucun manteau ne dissimule le corps, presque nu sous la peau de mouton, et pauvre en muscles et en chair. L'homme semble lire en chemin le rouleau que tient sa main gauche; le bras droit, ballant le long de la cuisse, porte, comme l'arme d'un fantassin, la longue croix de roseau. L'illuminé va de son pas balancé, en butant aux pierres du chemin, les sourcils contractés par la fatigue plus que par l'attention, la bouche ouverte, non pour lire, mais pour souffler. Il va tomber à la fin de l'étape [1].

La Toscane connaissait déjà, au quatorzième siècle, des images de saint Jean-Baptiste adolescent, aussi bien que du jeune berger David. Le fils de Zacharie et d'Élisabeth, quittant ses parents pour prendre le chemin du désert, était un motif florentin, qui s'opposait au type byzantin, comme l'enfance à la vieillesse. Andrea Pisano avait représenté le premier, et longtemps avant les peintres, le petit voyageur, sur un bas-relief de sa porte du

---

[1]. Le travail même du marbre a été laissé à un praticien, qui a usé largement du trépan.

Planche IV.

SAINT JEAN-BAPTISTE EN MARCHE.

Marbre.

Florence. Musée National.

baptistère, où il est presque perdu au milieu d'un paysage de rochers et d'arbres giottesques. A voir le marbre de Donatello, on dirait que l'envoyé de Dieu a continué de marcher dans les solitudes pendant des années.

Une seule fois, dans cette période de sa vie, hostile à la santé, comme à la beauté, Donatello avait eu à sculpter l'effigie d'un tout jeune homme. Le thème était noble autant que sacré, et non sans poésie.

Depuis près d'un siècle l'art italien avait multiplié les images du second saint Louis, ce prince angevin de Naples, fils du roi Charles II et neveu du saint roi de France, qui avait renoncé à la couronne pour revêtir la bure de saint François, avait été élevé malgré lui au siège épiscopal de Toulouse, et était mort de consomption, à vingt-trois ans, en 1297. Dix ans plus tard il fut canonisé. Le culte des deux saints Louis fut célébré, comme un culte officiel, à Naples, sous le pieux règne de Robert d'Anjou; il se répandit bientôt en Toscane. Le prince évêque fut d'abord pour les Florentins un saint « guelfe ».

Longtemps après le départ du duc d'Athènes, le dernier podestat français de Florence, saint Louis d'Anjou resta le patron d'une puissante association politique qui conservait le nom de Parti guelfe, *Parte guelfa*. Comme les corporations, la *Parte* avait à Or San Michele sa niche, destinée à rece-

voir la statue d'un saint patron. C'est la statue
qui fut commandée à Donatello.

Après le *saint Mathieu* de Ghiberti, les corporations qui avaient encore à installer leurs saints
dans les niches d'Or San Michele ne voulurent plus
que des statues de bronze : en 1425, un *saint
Étienne* de bronze fut commandé à Ghiberti, pour
remplacer une statue de marbre. Le *saint Louis*
fut de même en bronze doré, et non en marbre,
comme le *saint Georges*.

Le dernier paiement ordonnancé par les Capi-
tani de la *Parte guelfa* pour le *saint Louis*, est du
19 mai 1423. Les Médicis, à mesure que leur pouvoir grandissait, réduisirent peu à peu le rôle d'une
association dont le nom même rappelait les
grandes luttes civiles. Au temps de Pierre de
Médicis, la *Parte guelfa* dut céder en 1459 sa
niche d'Or San Michele aux Six de la *Mercanzia*.
Le *saint Louis* de Donatello disparut. Celui qui se
trouve aujourd'hui au petit musée de Santa Croce
est une autre statue de bronze doré, trop grande
pour tenir dans la niche d'Or San Michele [1]. Elle
a dû être commandée à Donatello à peu près en
même temps que celle de la *Parte guelfa* et a été
placée, peut-être dès le quinzième siècle, au-

---

1. Le tabernacle a 2 m. 94 de haut ; la statue 2 m. 90, sans sa
plinthe de marbre. Si l'on imaginait que la statue baissât sa tête,
qui est rejetée en arrière, elle heurterait de sa mitre la coquille
de marbre.

dessus du portail de Santa Croce, contre le mur
de la façade inachevée.

La statue de Santa Croce paraît être contemporaine des géants du campanile. Elle est faite,
comme eux, pour être vue de loin et d'en bas. Le
métal est encore traité comme le bloc de marbre
qui est devenu l' « Humaniste » de la cathédrale. Le
saint, dont la chape fait corps avec le socle, a, sous
sa mitre, la masse d'un rocher. Le corps est très
court et de proportions enfantines, malgré sa taille
gigantesque.

Les artistes du seizième siècle dédaignaient
cette statue, comme « la moins bonne » de Donatello. Vasari a été jusqu'à croire que le sculpteur
avait voulu tourner en ridicule le saint vénéré par
le peuple des Franciscains et des tertiaires. A ceux
qui critiquaient sa statue, Donatello aurait répondu :
« C'est à dessein que je l'ai faite ainsi : il fallait
que ce saint fût un niais pour quitter son royaume
et se faire moine. » La boutade est bien d'un
homme de la Renaissance, insensible aux voluptés
du renoncement; mais est-elle d'accord avec
l'œuvre? Certes le *saint Louis* n'est plus de la même
lignée guerrière que le *saint Georges :* il appartient à
la race des simples, élus du royaume pour lequel il
dédaigna la couronne de son père. Mais le mouvement de la tête qui se relève pour accompagner le
geste de bénédiction est fier et jeune. En donnant
à cette tête un air puéril, en perdant le corps dans

le manteau pontifical, comme les mains dans les énormes gants, Donatello n'a fait qu'accentuer avec sa vigueur propre les données traditionnelles du type de saint Louis d'Anjou : la mitre vénérable posée sur un front d'enfant, la candeur de l'acolyte unie aux pompes épiscopales. Il ne s'est pas plus moqué du saint français qu'aucun des artistes de son siècle : tout au contraire, en modelant cette figure juvénile au temps du *Zuccone,* il montrait qu'il savait échapper à l'obsession de la vieillesse et de la laideur.

# CHAPITRE IV

## DONATELLO ARCHITECTE

NOUS trouverons en Donatello d'autres hommes que le pessimiste que l'on imaginerait, flanqué de son *Zuccone* et gardé par le vieux *Marzocco*. Au temps même où il achevait les « Prophètes » du campanile, il s'était laissé distraire de son métier de statuaire pour faire œuvre d'architecte. Tout en sculptant des figures d'hommes dont l'attitude et la draperie n'obéissaient à aucun rythme préconçu, il a travaillé à des monuments où la sculpture devait tenir sa partie dans un accord de proportions et de lignes.

En 1423, Donatello prit un collaborateur qui devait jouer à côté de lui un rôle beaucoup moins effacé que les praticiens et les marbriers tels que le Rosso. C'est Michelozzo, fils d'un Bourguignon qui avait émigré à Florence et qui y exerçait la profession de tailleur. En 1423, il commença à travailler comme aide avec Donatello; en 1425 il devint son associé et le resta une dizaine d'années. L'union des deux artistes forma une véritable raison sociale, comme le prouvent les deux déclarations faites en 1427 par Donatello et par Michelozzo pour l'impôt sur le revenu *(denunzia dei beni)*. A cette date, les deux associés étaient richement achalandés : ils avaient en chantier trois tombeaux, grands et luxueux. Le premier, destiné au baptistère de Florence, était celui d'un pape en exil, le cardinal Baldassare Coscia, qui, après avoir pris le nom de Jean XXIII, à l'époque du grand schisme, où il y avait deux papes, sans le compter, avait été déposé par le concile de Constance et était venu mourir à Florence en 1418. La commission qui s'était formée pour lui élever un monument réunissait des adversaires politiques tels que Niccolà da Uzzano et le chef de la famille des Médicis, Giovanni d'Averardo. Le second tombeau était celui d'un autre cardinal, un Florentin, Rinaldo Brancacci, et devait être envoyé dans une église de Naples; pour faciliter le transport, les marbres étaient travaillés à Pise. Le troisième, dont la place était marquée dans la collégiale de Montepulciano, avait été commandé par Bartolommeo Aragazzi, secrétaire du pape Martin V, pour sa propre sépulture. L'humaniste savait le prix de l'immortalité que les princes et les *condottieri* achetaient à ses pareils. Lui-même l'acheta à un grand artiste. Il mourut en 1429.

Comment un maître aussi indépendant que Donatello s'est-il attelé à cette entreprise de marbrerie funéraire? C'est un petit problème; il en est un plus grave, et sur lequel les documents et les œuvres peuvent nous éclairer : quelle a été la part de Donatello dans la conception et l'exécution des ouvrages qu'il a entrepris en collaboration avec Michelozzo? Tout d'abord on peut mettre en dehors du litige le troisième des tombeaux qui se trouvent mentionnés dans la déclaration officielle de 1427 : celui de Bartolommeo Aragazzi. Donatello s'en est à peu près complètement désintéressé. Dès 1429 un second contrat fut passé entre les héritiers de l'humaniste et Michelozzo, qui acheva le monument en 1437. Le tombeau ne s'est pas conservé à Montepulciano dans son état primitif et il est difficile d'en reconstituer l'architecture; mais les marbres, déposés dans l'église, sauf deux grands anges qui ont été transportés à Londres, permettent de juger l'associé de Donatello comme sculpteur. Son habileté est extraordinaire; sa personnalité presque nulle. La plupart des statues imitent l'antique avec une rigueur à laquelle Nanni di Banco lui-même ne s'était pas astreint. Le saint Barthélemi, patron du défunt, a la carrure, la barbe et le manteau de quelque philosophe. Les bas-reliefs qui représentent l'humaniste entouré de sa famille demi-nue, ont les formes trapues des sarcophages de l'Empire, avec la gravité indifférente d'un stoïcisme d'école.

Le classicisme savant, qui devait glacer le sculpteur, devint pour Michelozzo architecte une discipline qui fit de lui, à Florence, le successeur et l'émule de Brunellesco. Sa renommée s'étendit dans toute l'Italie et jusqu'au delà de l'Adriatique. Architecte du palais de Cosme de Médicis, il donna des plans pour de grandes fondations florentines à Milan et fut appelé, vers la fin de sa vie, par les magistrats de Raguse.

Ne sera-t-on pas tenté, dès lors, d'attribuer à Michelozzo tout ce qui est architecture dans les monuments de sculpture auxquels il a collaboré, et d'enlever de la puissante main de Donatello le compas du traceur d'épures? Il faut se défier, surtout en matière d'art, des solutions trop simples. Deux savants allemands, d'autorité européenne, ont revendiqué l'un après l'autre pour Donatello, collaborateur de Michelozzo, la part du lion, même dans l'architecture.

Michelozzo était plus jeune de quelques années que Donatello; ce n'est qu'au milieu de sa carrière, et après avoir quitté son associé, qu'il commença le couvent médicéen de San Marco, le premier édifice auquel il ait attaché son nom. Lorsqu'il apporta sa collaboration au sculpteur déjà célèbre, il avait servi d'aide à un maître non moins réputé, Ghiberti. Les deux artistes mirent à contribution les connaissances techniques de Michelozzo comme fondeur. Il dut préparer pour eux des moules, et non des modèles. Quand Donatello a exécuté le *saint Jean-Baptiste* de bronze, est-ce Michelozzo qui lui a enseigné à détacher les jambes et les bras maigres avec l'audace que permet le métal? N'avons-nous pas vu le *saint Georges* se tenir debout, dans son étroite armure, à la manière d'un bronze? Michelozzo a pu seulement aviver le bronze du *saint Jean* par la retouche de la cire et la ciselure, après la fonte. Il n'a eu certainement aucune part à l'œuvre elle-même : les *saint Jean* de type byzantin, dont il est l'auteur, ont une pose placide, une draperie régulière, un visage froid et neutre, qui contrastent avec l'agitation farouche du vieillard de Donatello.

Michelozzo, simple praticien du bronze, est-il devenu créateur, directeur et maître, dès que Donatello et lui ont eu à s'occuper d'architecture?

Il est certain qu'avant d'entrer en société avec Michelozzo, Donatello avait fait œuvre d'architecte : en 1418 il travaille, de concert avec Brunellesco et Nanni di Banco, à un modèle pour la coupole de la cathédrale de Florence, qui devait être mis en concurrence avec un modèle de Ghiberti, architecte, lui aussi, en même temps qu'orfèvre. Plus tard, en 1430, Donatello sera envoyé à Lucques, avec Brunellesco et Michelozzo, pour des travaux d'ingénieur militaire.

Quel a pu être le rôle du sculpteur révolutionnaire dans les premiers essais de l'art qui devait réaliser bien plus complètement que la sculpture la résurrection de l'antiquité? Pour déterminer maintenant ce rôle, il faudrait étudier dans une œuvre personnelle la « manière » de Donatello architecte : mais le premier en date des monuments qu'il a pu dessiner a été visiblement exécuté en collaboration avec Michelozzo.

Lorsque la niche de la *Parte Guelfa,* à Or San Michele, eut été cédé à la *Mercanzia,* la statue de saint Louis fut remplacée par le groupe célèbre de Verrocchio, *le Christ et saint Thomas.* Le tabernacle de marbre, qui sert de cadre au groupe, était demeuré en place; Francesco Albertini l'attribue en 1510 à Donatello. Le tabernacle du *saint Louis* diffère aussi complètement que possible des tabernacles gothiques d'Or San Michele, comme ceux qui abritent le *saint Marc* et le *saint Georges*[1]; il n'a presque rien de commun avec le tabernacle du *saint Mathieu*, dessiné par Ghiberti : celui-ci conservait les tracés traditionnels, avec des formes plus fines et plus simples, et avait remplacé les colonnettes par de minces pilastres cannelés. La niche à fronton de temple qui sert de cadre au groupe de Verrocchio appartient tout

---

1. Celui du *saint Georges* remonte au quatorzième siècle : il avait été préparé pour la corporation des Médecins et Épiciers; celui du *saint Marc* a été sculpté par deux *tagliapietre* dont on a les noms.

entière à la Renaissance. Le classicisme de l'ensemble et la pureté froide de la plupart des motifs semblent être les caractères mêmes des œuvres de Michelozzo. Celui-ci a copié presque littéralement le tabernacle d'Or San Michele, en sculptant vers 1445 une porte du Noviciat de Santa Croce et plus tard, le tabernacle de l'Impruneta. On ne peut douter, d'après le travail du marbre, qu'il n'ait présidé à l'exécution des moindres détails du tabernacle. Mais, parmi ces détails, il en est d'imprévus, de bizarres même, qui sont des « idées » de sculpteur : tels surtout, les deux masques barbus qui viennent animer brusquement les angles du soubassement. En est-ce assez pour attribuer à Donatello le dessin du tabernacle tout entier ? Si l'on veut faire honneur au sculpteur d'un monument qui est, dans ses dimensions réduites, le premier modèle accompli de l'architecture nouvelle, on ne devra pas oublier, derrière l'associé qui a tenu le ciseau et mis le dessin au net, le vrai collaborateur de Donatello, qui est son ami Brunellesco. Alors que Donatello, pendant son voyage de jeunesse à Rome, « n'avait pas ouvert les yeux à l'architecture », selon le mot du biographe, Brunellesco recueillait dans les ruines les mots d'une langue morte dont il devait refaire un art vivant. Il enseigna son vocabulaire classique à Masaccio. Celui-ci, en peignant la fresque de la *Trinité* à Santa Maria Novella, lui composait, avant 1428, un cadre monumental, en façon d'arc de triomphe, qui ressemble singulièrement au tabernacle de la *Parte Guelfa,* sans en être copié. Le sculpteur et le peintre qui étaient les premiers de leur temps, ont pu l'un et l'autre, et presque en même temps, interpréter un dessin de Brunellesco : c'est ainsi que Raphaël, quand il se mêlera d'architecture, appliquera les leçons de Bramante.

Dans les deux monuments funéraires de Florence et de Naples auxquels Donatello a travaillé avec Michelozzo, les deux statues portraits, celle de l'ex-pape Jean XXIII et celle du cardinal Brancacci, couchées dans les plis abondants du vêtement pontifical et coiffées de la mitre, ont été modelées avec la même énergie, par larges méplats, et certainement de la main du maître. Lui-même n'a sculpté dans le marbre que le précieux bas-relief encastré au milieu du sarcophage du cardinal Brancacci, et sur lequel il faudra revenir. Michelozzo a fondu la statue de Jean XXIII, qui est un bronze noir et poli; il a probablement sculpté la statue en marbre du cardinal Brancacci. Il a eu d'ailleurs lui-même un aide, le marbrier Pagno di Lapo Portigiani, qui a exécuté à Pise la plus grande partie du tombeau de Naples, et qui a travaillé sans doute au tombeau de Florence.

Pour le tombeau Brancacci, la part de Donatello paraît se réduire à peu de chose, probablement à quelques esquisses de statues. Les trois Vertus

qui soutiennent le sarcophage sont des figures
sans attributs et sans nom, comme les prophètes
de campanile : l'une d'elle, une vieille, a la grandeur farouche d'une Parque ou d'une Sybille. Les
héritiers du cardinal avaient voulu que le tombeau,
destiné à figurer dans une église de Naples, repro-
duisît les grandes lignes des tombeaux des princes
angevins. Le tombeau du cardinal Brancacci répète
en effet ce thème, sans doute d'après un croquis
envoyé de Naples, mais en le transposant dans le
mode corinthien. Ce travail d'adaptation, qui a été
fait avec ingéniosité, mais non sans lourdeur, a
dû être confié à Michelozzo ; cet artiste, fertile en
expédients et pauvre d'invention, aura préludé, en
dessinant le monument napolitain, aux combinai-
sons de formes locales et de motifs classiques qu'il
devait réaliser plus tard en Lombardie et en Dalmatie.

Le monument du pape, dans le baptistère de
Florence, n'a de commun avec le tombeau de
Naples que les trois Vertus, qui sont la Foi, la
Charité et l'Espérance, caractérisées cette fois par
leurs attributs ordinaires. Il forme une construction à trois étages, adossée à une paroi, comme le
tombeau du cardinal français de Braye, élevé par
le Florentin Arnolfo di Cambio, à Orvieto, un siècle
et demi auparavant. Pourtant le tombeau du baptistère est composé avec une liberté magistrale et
adapté très heureusement à l'architecture de l'édi-

fice vénérable qui restait à Florence comme le
monument le plus achevé d'une première Renaissance, éclose dès le onzième siècle. L'invention,
ici, est de Donatello. Il a encastré son monument
entre deux des énormes colonnes de porphyre qui
entourent l'intérieur de la rotonde; il a suspendu
à la corniche massive un anneau de bronze doré,
d'où tombe un baldaquin de marbre, dont les deux
pans, sculptés et dorés à l'imitation d'un velours
chargé d'or, vont s'accrocher à deux crampons de
bronze fixés dans les colonnes de porphyre. Ces
attaches de métal rivent le tombeau du pape au
vieux baptistère. Depuis le soubassement jusqu'au
sommet, le relief s'accentue à chaque ressaut, et, en
même temps, les effets d'ombre et de couleur (Pl. 5).
Dans la décoration architecturale, quelques détails
rappellent seuls le tabernacle d'Or San Michele.
Si, comme il est probable, Donatello, en dessinant
ce tabernacle, n'avait fait qu'animer de quelques
figures un projet de Brunellesco, il a cessé bientôt
de respecter des formules trop classiques pour sa
fougue. Il avait repris toute sa liberté lorsqu'il composa, sans doute peu d'années après, le tombeau
du pape en exil, le retable de la chapelle Cavalcanti, à Santa Croce : un haut-relief de l'*Annonciation* en *pietra serena,* dont les deux figures sont
presque de grandeur naturelle, et un cadre très
riche, de même pierre.

Du bas de ce cadre jusqu'à son couronnement,

TOMBEAU DE L'EX-PAPE JEAN XXIII,

PAR DONATELLO ET MICHELOZZO.

Marbre et bronze.

Florence. Baptistère San Giovanni.

l'œil ne peut se reposer sur aucune surface nue.
Les motifs de décoration, multipliés et rapprochés
à l'extrême, sont presque tous empruntés à l'antiquité ; mais les plus simples, jusqu'à l'ove et au rai
de cœur, prennent des formes insolites et étran-
gères au marbre. Ils sont taillés comme des cabo-
chons par un sculpteur qui se souvient de ses débuts chez l'orfèvre : on dirait l'encadrement très
riche d'un « baiser de paix », grandi à des dimensions monumentales [1]. Les chapiteaux, dont chacun est fait de deux masques d'hommes, semblables
à ceux qui étaient placés au bas du tabernacle d'Or
San Michele, deviennent des êtres au double visage, grimaçants et douloureux. Les pilastres ont
abandonné leurs cannelures pour se couvrir d'imbrications, dont les écailles sont nervées comme
des feuilles. Les bases, faites d'une double volute,
ont des griffes de lion. Le couronnement, au lieu
de dessiner un triangle, décrit une courbe sur-
baissée ; son motif central est un disque godronné
à la façon d'un plat de métal. Aux angles de
l'entablement et sur l'échine du fronton courbe

---

1. Le piédestal du *Marzocco,* qui est resté sur la Place de la
Seigneurie, où il porte une copie en bronze du lion de 1421, a
été sculpté par Donatello, mais sans doute plusieurs années après
le lion. Ce piédestal, qui est en *pietra serena*, comme le retable
Cavalcanti, doit être à peu près contemporain de ce retable.
C'est, — traduite en pierre, — une architecture modelée en pleine
terre et décorée à l'ébauchoir. Rien de moins classique, bien que
tous les motifs soient antiques.

5

sont posés ou couchés des enfants nus (Pl. 6).

La vie, qui, sur le tabernacle d'Or San Michele, ne s'emparait que des détails de sculpture et laissait à l'architecture sa correction rigide, envahit ici le monument tout entier : elle déborde le « Quattrocento » et présage le « baroque ». Vasari parle déjà, en décrivant l'*Annonciation* et son cadre, de composition *alla grottesca*. L'architecture que Michelozzo et les architectes sculpteurs feront triompher à Florence sera plus classique et plus impersonnelle; cependant les inventions bizarres de Donatello tentèrent les architectes eux-mêmes. Sans sortir de Santa Croce, on peut voir la couronne ailée du retable Cavalcanti transformée en coquille ailée, au pied du tombeau de l'humaniste Marsuppini. Les étranges pilastres à imbrications sont restés dans la mémoire d'un peintre, celui-là même qui était le plus éloigné de Donatello par sa pieuse candeur. Ils reparaissent dans la chambrette du Vatican qui a été peinte à fresque par Fra Angelico. Lorsque Jean Fouquet vint à Rome, un peu avant 1450, il vit ces fresques ou celles qui se trouvaient autrefois dans un oratoire voisin. Il nota les pilastres singuliers sur son carnet de voyage, et, au retour, il les peignit au fond des deux portraits d'Étienne Chevalier (Berlin) et de Guillaume des Ursins (Louvre), sans se douter qu'il avait rapporté en France un peu de Donatello.

L'ANNONCIATION.

Retable en « pietra serena ».

Florence. Santa Croce.

# CHAPITRE V

PARMI les grands sculpteurs de l'antiquité et des temps modernes, quelques-uns des plus puissants ont dépensé toute leur force créatrice à modeler des statues, et ont dédaigné le bas-relief, qui laisse la forme humaine à demi engagée dans la matière inerte. Myron a fondu en bronze des athlètes et des animaux qui, de quelque côté qu'on les aperçût, semblaient avoir vie et action. A la fin du dix-neuvième siècle, Rodin n'a commencé sa Porte de l'Enfer, chargée de toutes les variétés de reliefs, que pour la découper en morceaux, qui sont devenus des groupes de statuettes. Michel-Ange avait conçu les tombeaux des Médicis et le mausolée de Jules II comme des ensembles de statues. Il ne s'est exercé au bas-relief que dans sa jeunesse. Même comme peintre, il reste un statuaire. La *sainte Famille* de Florence est un bloc. Le *Jugement dernier* tombe

au fond de la Chapelle Sixtine comme une ava-
lanche de rochers.

Donatello a pris le pinceau, une fois ou deux
dans sa vie. Un document de 1412 le désigne
comme peintre : « *Donatus Nicholaï pictor* ». En
1434, il a composé un carton de vitrail, destiné à
l'un des grands œils-de-bœuf de la coupole, dont
le tambour venait d'être élevé par Brunellesco.
Son dessin fut préféré à un projet de Ghiberti.
Donatello a représenté le *Couronnement de la
Vierge* comme un groupe massif, inscrit dans une
couronne de têtes d'anges et d'ailes rouges et
vertes. Le Christ, en manteau rouge et tunique
verte, se penche vers la Vierge, assise et inclinée
comme lui, et qui, toute blanche et transparente,
sous le lacis des plombs, semble un marbre traduit
en verre. C'est un vitrail de sculpteur, comme
le cadre de l'*Annonciation* de Santa Croce est
une architecture de sculpteur.

Donatello a été pourtant un vrai peintre en marbre
et en bronze. Le bas-relief, c'est-à-dire la représentation de la figure humaine dans un espace réel et
limité, a été, à ses yeux, une partie de son art aussi
nécessaire et vitale que la statue, en qui l'homme
se montre abstrait de son milieu, dans la solitude
et le vide. La pratique du bas-relief pittoresque, qui
ne sépare pas la scène de son décor, était pour lui,
comme pour Ghiberti, un héritage des orfèvres
et des marbriers de Trecento. Ceux-ci avaient

repris, sans le savoir, un art plus ancien et plus
raffiné que la statuaire romaine. Tandis que les
sculpteurs des cathédrales françaises du treizième
siècle donnaient aux bas-reliefs des portails la plénitude et la sévérité des métopes et des stèles
attiques, les sculpteurs italiens du siècle suivant
retrouvèrent toute la richesse des bas-reliefs alexandrins, qui faisaient pendant à des tableaux peints,
dans les maisons des amateurs, et qui mêlaient les
figurines aux architectures de fantaisie et aux
paysages. Cette confusion de deux arts, où la sculpture se laissait dominer par la peinture, se répéta
au quatorzième siècle, lorsque Andrea Pisano, disciple de Giotto, sculpta, dit-on, les premiers bas-
reliefs du campanile, d'après des dessins du maître.
Ghiberti avait d'abord fait profession de peintre;
il était occupé avec un autre peintre à des fresques
de Rimini, lorsqu'il fut rappelé à Florence par la
nouvelle du concours ouvert pour la seconde porte
du baptistère. En racontant sur cette porte l'histoire évangélique, il se retrouva encore plus près
des modèles d'Andrea Pisano que dans son morceau de concours. Sa virtuosité se joua dans un
relief très plein, où les rochers chaotiques se
creusent de trous profonds, et où les arbres eux-
mêmes forment des masses finement refouillées.
Des têtes et des corps entiers, détachés en haut-
relief, sont habilement fondus à cire perdue avec
la masse, comme les statuettes que Brunellesco

avait soudées sur son morceau de concours.

Donatello fit partie à vingt ans du petit batail-
lon d'aides qui travailla sous les ordres de Ghiberti.
Puis dix ans se passèrent avant qu'il appliquât
les enseignements qu'il avait recueillis dans cette
incomparable école du bas-relief. Il n'eut à sculpter
d'abord, pour la cathédrale et pour Or San Michele,
que des statues. C'est pour la plus fière de ces
statues, le *saint Georges,* qu'il conçut son premier
bas-relief et le sculpta en marbre avec une aisance
et une originalité superbes[1].

Aux pieds du jeune vainqueur, le récit du combat est placé, à la manière d'une prédelle narrative.
Le bas-relief, en marbre, est de forme très oblongue;
il est disposé au-dessous de la niche, de la même
manière que celui où Nanni di Banco a représenté
un atelier de marbriers florentins à l'ouvrage. Les
deux bas-reliefs n'ont de commun que la matière et
l'emplacement. Nanni a imité l'art officiel de l'Empire romain dans le bas-relief, aussi bien que dans
la statuaire : les marbriers représentés par le sculpteur, et dont l'un est occupé à tailler un amour de
ronde-bosse, ont eux-mêmes le relief arrondi de
statues dont une moitié serait murée dans le
marbre. Donatello donne au champ du combat de

---

1. Le bas-relief est daté exactement : c'est même par lui qu'on
peut dater la statue. En 1416 la Fabrique de la cathédrale ven-
dit à l' « Art » des *Corazzai* un bloc de marbre pour le pied de
leur niche d'Or San Michele.

saint Georges une étendue panoramique. La ligne
ondulée de l'horizon, la tige mince d'un arbre, la
colonnade d'un palais semblent gravées plutôt que
sculptées. Le chevalier et son cheval, le monstre,
la princesse, sont des formes d'un relief très atténué. Ce procédé de relief, si franchement distingué de la ronde bosse, et que Ghiberti ne connaissait pas encore, à la date de 1416, devrait porter
le nom de Donatello. Les sculpteurs florentins
lui ont donné une sorte de sobriquet, en l'appe-
lant « schiacciato [1] » (littéralement « écrasé »). Le
nom est resté à une pâtisserie plate, une sorte de
fouace, qui se vend toujours en Toscane : le
*schiacciato*, c'est le relief galette.

Les bas-reliefs de la cathédrale d'Orvieto, déve-
loppés sur la façade avec l'ampleur des fresques,
avaient donné, au milieu du quatorzième siècle, un
premier exemple de ce genre de bas-relief, qui se
modèle avec des accents délicats et des ombres
claires. Donatello avait vu ces bas-reliefs, si l'on en
croit Vasari, à son retour de Rome. Il est possible qu'il s'en soit souvenu, au bout de douze ans;
mais il a dû voir, dans l'intervalle, des reliefs beaucoup plus petits, qui ont été ses modèles directs,
quand il a sculpté la prédelle de marbre d'Or San
Michele : quelques-unes de ces médailles grecques

---

1. Voir l'introduction technique de VASARI, *Della scultura*,
ch. III (Ed. Milanesi, I, 157). Il écrit « *stiacciato* ».

ou romaines que les amateurs italiens commencè-
rent à collectionner dès le quatorzième siècle.

Le groupe équestre du *saint Georges combattant
le dragon* est dessiné avec une élégance si simple
et si sûre que Raphaël a pu le faire sien, en le copiant dans un tableautin de sa jeunesse. Cependant quelques maladresses, dans l'encolure et la
tête du cheval, ou dans la plantation de l'architec-
rure, trahissent le débutant. Quelques années plus
tard, la commande des fonts baptismaux de la
cathédrale de Sienne offrit à Donatello une occasion de préciser et d'approfondir sa conception du
bas-relief, dans une de ces collaborations qui
étaient de véritables concours. D'après le dessin
du maître siennois Jacopo della Quercia, la balustrade de marbre qui entourait la cuve devait être
ornée de six bas-reliefs de bronze doré, représentant des scènes de la vie de saint Jean-Baptiste;
ces bas-reliefs furent d'abord répartis, en 1417,
entre Jacopo, deux autres Siennois, et Ghiberti.
Comme l'ouvrage n'avançait pas au gré des fabriciens, ceux-ci firent appel, en 1421, à Donatello,
pour un bas-relief, ainsi que pour des statuettes
de bronze; le bas-relief, qui avait été d'abord commandé à Jacopo della Quercia, avait pour sujet *le
Festin d'Hérode,* où fut apportée la tête de saint
Jean. Donatello le livra au mois d'août 1427. Il
avait dû voir, avant de l'exécuter, les modèles des
deux bas-reliefs de Ghiberti, dont le bronze ne fut

livré qu'au mois de juin 1425, et aussi le bas-relief
exécuté par Jacopo, *l'Apparition de l'ange à Zacharie dans le Temple,* qui ne fut donné à la fonte qu'en
1430, mais dont le modèle était achevé en 1419.
Peut-être même aura-t-il connu quelque croquis
préparé par Jacopo pour *le Festin d'Hérode.* Il est
certain qu'il s'est rapproché du Siennois, en donnant un relief très accusé et des formes robustes
aux figures du premier plan. Mais ce qu'il a pu
emprunter disparaît devant les nouveautés que le
sculpteur de statues apportait dans son bas-relief.
Jacopo et Ghiberti massent des groupes devant un
décor; Donatello fait des personnages et de l'architecture un tout indissoluble. Au lieu de se
contenter de deux plans, il en distingue quatre,
séparés les uns des autres d'abord par la ligne
horizontale de la table du festin, puis par deux
murs percés d'arcades. Les lignes de cette architecture, il les a tracées d'après les formules d'une
science que lui-même ne connaissait pas, quand il
sculpta les fonds du bas-relief de *saint Georges,* et
que Ghiberti ignorait encore, à la date où il livra
ses deux bas-reliefs de Sienne : la perspective géométrique, retrouvée par Brunellesco et que Donatello venait d'apprendre de son ami. La rencontre
des lignes de fuite se fait exactement au milieu de
la ligne d'horizon, accusée fortement par la mou-
lure de la muraille, derrière les têtes des convives.
Donatello possède un autre secret, qu'il doit encore,

sans doute, à Brunellesco : celui du « raccourci »,
qui est la perspective appliquée à l'architecture de
la forme humaine. Pour faire montre de sa science
toute neuve, il présente en raccourci presque toutes
les mains : il reste gêné et gauche dans le raccourci
des pieds. Ses connaissances toutes fraîches d'architecte et de peintre, il les applique en sculpteur,
qui en travaillant pour le bronze, se souvient du
marbre. Tandis que Ghiberti ajoute des épaisseurs,
en collant des figurines sur la tablette qui lui servait de fond, Donatello semble attaquer un épais
gâteau de cire, où il creuse des profondeurs, en
s'arrêtant successivement aux quatre plans qu'il
marque lui-même, comme s'ils correspondaient aux
stratifications parallèles d'une roche ou d'un
camée. Sur le métal où la dorure intacte fait valoir
les moindres accents, l'illusion produite par le jeu
des lignes et des solides s'impose à l'œil comme
une démonstration de géométrie dans l'espace.

Cette géométrie est vivante; l'espace est ici le
lieu d'un drame. La force de l'illusion ne sert qu'à
rendre plus forte l'impression du spectacle. Chacun des plans du bas-relief joue son rôle dans l'action, dont le protagoniste est la tête coupée, —
celle du Baptiste de Berlin [1].

La tête passe d'abord au fond du bas-relief, cou-

1. Cette ressemblance donne un argument nouveau pour iden-
tifier ce bronze avec la statue qui fut commandée à Donatello
pour Orvieto, un an avant l'achèvement du bas-relief de Sienne.

Planche VII.

LE FESTIN D'HÉRODE.

Bas-relief, bronze.

Sienne. Baptistère San Giovanni.

chée sur le plat que porte un soldat; son grand nez aquilin est aiguisé par la mort. Trois femmes se rencontrent avec ce terrible voisin dans l'étroit corridor du 4ᵉ plan; au 3ᵉ, un musicien et des soldats impassibles marquent un repos dans l'action : ils n'ont rien vu. Cependant la tête arrive au premier plan, où le soldat la présente, un genou en terre. La terreur qu'elle exhale fait reculer les convives du deuxième plan. Devant la table, Salomé s'arrête, comme suspendue, au milieu de sa danse, que deux hommes debout semblent contempler encore. Deux enfants tombent l'un sur l'autre, en sortant du cadre; on aperçoit la jambe d'un homme, qui s'enfuit. La tête semble paralyser ou repousser ceux qui se trouvent dans son « plan » : elle fait un trou au milieu de la scène (Pl. 7).

Ce drame en bas-relief, qui commence par une « entrée » soudaine, et qui éclate en coup de théâtre, diffère aussi profondément des scènes épiques de Jacopo della Quercia que des récits coulants de Ghiberti. Aucun des deux maîtres dont Donatello a été le collaborateur à Sienne ne devait essayer d'imiter sa violence; mais Ghiberti se souviendra des quatre plans distingués et gradués par Donatello, lorsqu'il composera les vastes reliefs de la troisième porte du baptistère.

Donatello lui-même, aussitôt après avoir achevé *le Festin d'Hérode*, renonce dans le bas-relief à cette gradation par plans arrêtés, dont il avait donné le

modèle le plus exact. Déjà, lorsqu'il modèle en
1427 pour la cathédrale de Sienne un second bas-
relief de bronze, la dalle tumulaire de l'évêque de
Grosseto, Giovanni Pecci, il le tient dans une très
faible épaisseur, comme il convenait pour une
grande plaque, destinée à être couchée dans le
pavement et foulée aux pieds des fidèles : les
dalles funéraires en marbre de la Chartreuse du
Val d'Ema, près de Florence, n'ont pas plus de
saillie. Bientôt, Donatello abandonna, pour assez
longtemps, le bronze doré : il revint à la simple et
légère esquisse, au pur *schiacciato* de marbre, comme
à son moyen d'expression le plus personnel [1].

Dans le tombeau Brancacci de Naples, qui a été
achevé en 1428, le bas-relief encastré au milieu du
sarcophage se détache comme une apparition qui
relègue dans l'ombre les statues de praticien. Le
sujet choisi, *l'Assomption de la Vierge*, est inat-
tendu à cette place; Donatello l'a représentée, en
oubliant ses prédécesseurs, et *l'Assomption* que
Nanni di Banco avait sculptée pour une porte de la
cathédrale de Florence. Il se transporte entre
terre et ciel. La Vierge qu'il voit monter au milieu

---

1. Un petit bas-relief en marbre du musée de Berlin, représentant *la Flagellation,* doit être à peu près contemporain du
*Festin d'Hérode*, à en juger par les arcades du fond, et par la
figure de femme, drapée comme la Salomé, qui regarde les bour-
reaux robustes et nus; le relief est très aminci et très atténué,
même au premier plan.

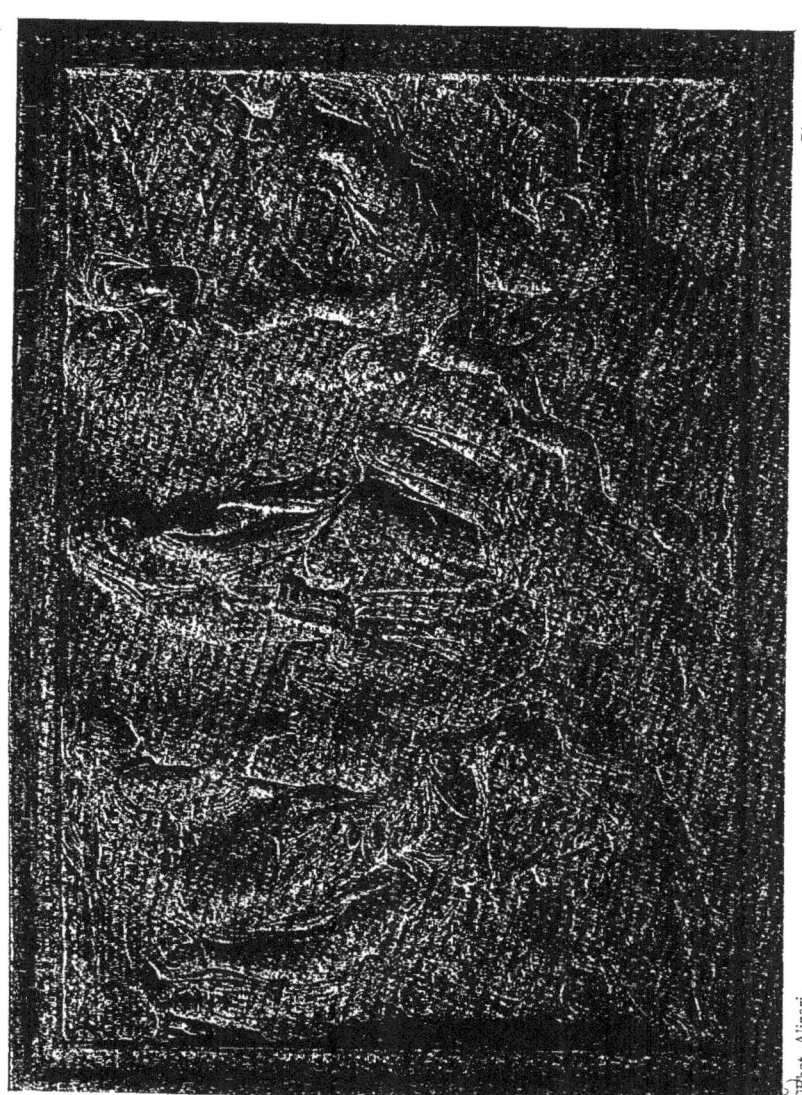

ASSOMPTION DE LA VIERGE.

Bas-relief, marbre.

Détail du tombeau du Cardinal Brancacci. Naples, Eglise Sant'Angelo à Nido.

des nuées ne ressemble pas aux jeunes filles ravies,
dont l'*Assomption* devait se confondre un jour avec
la vision mystique de l'*Immaculée Conception*. C'est
une femme âgée, simplement assise sur un siège
florentin. La tête inclinée sous sa guimpe et son
voile, les mains jointes, elle est pareille à une
vieille religieuse en prières. Sur la route aérienne
du ciel, où elle va retrouver son Fils, « elle semble
déjà intercéder [1] ». La Vierge de Roger van der
Weyden a un visage moins triste et moins vieilli,
sous sa coiffe monacale, lorsqu'elle apparaît, assise
à la droite du Christ, et priant pour les hommes, au
jour du Jugement (Pl. 8).

La gloire qui entoure la Vierge est une nuée,
dont les ondes, à peine visibles, ont le frémissement d'une lumière calme. Autour de la nuée lumi-
neuse, les nuées plus épaisses qui moutonnent
sont déchirées par un tourbillon vivant : des êtres
ailés et demi-nus, les cheveux hérissés, traversent
les vagues avec un élan de plongeurs. Ce sont les
anges qui emportent l'élue; mais ils n'ont plus ni
la longue tunique, ni le sourire sérieux des anges
qui soulevaient de leur vol paisible les *mandorle*
tracées au compas, dans les *Assomptions* du *Trecento*. Leurs attitudes, qui s'opposent dans des rac-
courcis violents, font croire qu'ils sont venus sou-
dain de toutes les régions du ciel. Ils sont pareils

1. André Michel.

aux génies des Vents, qui obéissaient jadis aux
ordres de l'Olympe. Ce concert furieux des forces
de l'espace, enveloppant de son tumulte la prière
grave qui monte dans la lumière et dans la paix,
c'est une conception digne de la plus haute musique religieuse. Donatello l'a fait tenir dans un
carré de trois pieds de côté et dans l'épaisseur de
deux pouces de marbre.

Il est impossible de séparer de l'*Assomption* un
bas-relief du Musée de South Kensington, qui se
rapproche du bas-relief de Naples par son exécution, et sans doute par sa date, aussi bien que par
son sujet : *l'Ascension*. C'est un tableau panoramique, dans le genre du *Combat de saint Georges*.
Il n'a pas fait partie d'un monument. En 1492, on
le trouve cité dans l'inventaire du palais des Médicis, où il était pendu à côté des panneaux peints
par les maîtres du quinzième siècle. Après la dis-
persion des collections médicéennes, il resta à
Florence, où Francesco Bocchi admira en 1591 ce
« quadro di marmo », qui a conservé à Londres son
ancien cadre de bois [1].

1. M. P. Schubring s'est demandé, en prenant texte du rôle
attribué à saint Pierre, si le bas-relief de l'*Ascension* n'aurait
pas formé la prédelle d'un autel des saints Pierre et Paul,
pour lequel Donatello fournit en 1438 une esquisse en cire à la
Fabrique de la cathédrale de Florence, et dont l'exécution
devait être confiée à Luca della Robbia. Cette ingénieuse hypothèse paraît contredite d'avance par le passage de l'inventaire
des Médicis relatif au « quadro » de Donatello.

Donatello a représenté l'*Ascension* aussi librement que l'*Assomption,* et avec le même dédain
des traditions orthodoxes. Il unit à l'*Ascension* la
*Remise des clefs à saint Pierre :* c'est en montant
au ciel, et déjà soulevé au dessus de la terre, que le
Christ lègue sa puissance à son Église. Il est assis
sur les nuées, dans un ciel de nuées, où nagent
des génies pareils à ceux qui tourbillonnent autour
de l'*Assomption.* Au milieu des apôtres, qui sont
des vieillards robustes, la Mère du Sauveur est
agenouillée, vue de dos, et on la sent vieille, sous
son voile de deuil. Le sol manque; pourtant le
parti de perspective est nettement indiqué. Le
sculpteur a groupé les apôtres au sommet d'une
montagne et les a représentés comme s'il les voyait
d'en bas et de loin. Il nous dévoile ainsi le secret
du *schiacciato,* plus clairement que dans aucune
autre de ses œuvres. C'est un bas-relief, d'où les
premiers plans, trop accusés et trop chargés de
matière, ont été supprimés. Il ne reste que les derniers : le *schiacciato* est un bas-relief de lointain.

A la distance où l'artiste place ses propres visions, la différence des plans n'est plus faite que
de gradations subtiles comme des nuances dans
un coloris lumineux : tout ce que l'artiste nous fait
voir, les apôtres qui se détachent sur le ciel et le
Christ qui ne touche plus la terre, les arbres, les
nuages, tout est baigné dans une même atmosphère, que les touches d'or achevaient autrefois

d'illuminer. Ici le sculpteur dépasse tous les peintres de son temps, même Piero della Francesca, ce « pleinairiste » épique : son ciseau fait, comme l'a bien vu un critique allemand [1], de l' « impressionnisme » en marbre.

1. A. G. Meyer, p. 54-55.

# CHAPITRE VI

## LE RAJEUNISSEMENT PAR L'ANTIQUITÉ

**D**ONATELLO a débuté, comme architecte, par une imitation fort littérale de modèles romains, dessinée sans doute sous la dictée de Brunellesco : c'est au bout de quelques années seulement qu'il a été assez maître des motifs antiques pour les plier aux caprices de son imagination de décorateur. Dans sa carrière de sculpteur, vingt ans de travail se sont écoulés, et des séries d'œuvres magistrales se sont succédé sans que l'artiste eût cherché directement dans l'antiquité une source d'inspiration. En travaillant à Florence au commencement du quinzième siècle, il n'avait pu échapper aux leçons des marbres antiques, que l'Allemand Piero lui-même recueillait de son mieux ; mais il reçut cet enseignement classique de seconde main. Il voit les *togati* à travers ceux de Nanni di Banco ; l'Isaac nu du campanile, dont le marbre a été sculpté par

6

le Rosso, est un souvenir de l'Isaac de Brunellesco.

Sans copier directement la statuaire antique, Donatello en comprit d'abord la loi la plus impérieuse : il la suit, lorsqu'il donne à une statue telle que le *saint Marc* ou le *saint Georges* la silhouette franchement dessinée, le volume dégagé de la matière brute, la « ligne », qui fait de la figure humaine une architecture, et que l'art du Nord ne savait plus retrouver dans l'enchevêtrement des détails, depuis que la sculpture française du treizième siècle était oubliée, avec ses traditions monumentales. Mais il arriva, comme nous l'avons vu, que Donatello perdit, dans l'analyse de la vie et de sa confusion, cette clarté « latine », qui est comme un reflet de la clarté grecque. Il se rapprocha de Sluter et des maîtres étrangers qui n'avaient rien connu de l'antiquité : le *saint Jean-Baptiste* en marche ressemble beaucoup plus à l'*Adam* de Jean van Eyck qu'à aucun marbre romain. Le Florentin sentit naïvement et profondément, tout comme les grands novateurs flamands et hollandais, que la vie n'est pas aussi simple et aussi pure que l'ont faite, à quinze siècles de distance, l'art grec et l'art français. Quand il ne prit pas pour modèles des vieillards, il pratiqua ce réalisme exact et dur qui enlaidit ses modèles et les vieillit. Il sembla renoncer à la beauté, dont l'idéal hellénique, après avoir régné sur le monde romain, recommençait à régner sur le monde chrétien, — cette beauté qui était santé, jeunesse et joie sereine.

Pourtant il l'avait connue et il devait lui revenir. La statue de saint Georges, digne de l'art grec, n'est copiée d'aucun antique; mais la princesse pour laquelle combat le héros, sur le bas-relief d'Or San Michele, a une beauté à la fois délicate et forte, qui n'est pas florentine. L'ajustement même de la tunique montre que le sculpteur s'est souvenu d'un modèle grec, — sans doute d'une de ces médailles, où il trouvait à la fois les secrets du relief subtil et de la silhouette pure. Dix ans plus tard, après qu'il a sculpté les vieillards du campanile, Donatello modèle, au fond du bas-relief de Sienne, des profils de médailles romaines, dont il fait les légionnaires du *Festin d'Hérode*. Ces profils, que l'on dirait frappés dans le bronze, ont une pureté qui dépasse de loin les premiers essais des médailleurs véronais, et qui annonce le Malatesta de Pisanello.

Ce ne sont encore là que des indications fugitives. Lorsque le sculpteur du *Zuccone* ressaisit la beauté et la joie que lui-même avait semblé fuir, il les trouve dans des enfants, messagers du monde antique. Ces enfants sont les Amours ailés.

Ils étaient nombreux en Toscane, sur les marbres romains, sur les sarcophages des païens, et même sur ceux des chrétiens. L'antique et mystérieux Éros, qu'Hésiode apercevait dans les ténèbres pri-

mordiales, comme un contemporain de Chaos et
de Tartare, s'était métamorphosé de siècle en
siècle, et avait fini, après avoir favorisé les aven-
tures des hétaïres et des éphèbes, par se multiplier
en une foule de petits êtres aux ailes de passereaux,
qui avaient éparpillé sa divinité aux quatre vents.
L'Amour, jouet favori de l'art alexandrin et pom-
péien, n'est plus, sous l'Empire romain, qu'un
oiseau fripon qui se pose indifféremment sur le
marbre des temples et des tombeaux et sur les
peintures des villas. C'est comme un motif de
décoration courante qu'il fut admis dans les cata-
combes et sur les sarcophages des basiliques, sans
prendre place parmi les images symboliques de la
foi nouvelle à côté de sa compagne, Psyché aux
ailes de papillon.

Les artistes de la Renaissance, en reprenant le
motif des enfants ailés, revinrent, par delà le
moyen âge, au point où étaient restés ces quatre
sculpteurs, martyrs sous Dioclétien, dont Nanni di
Banco a réuni les statues dans une niche d'Or San
Michele : ceux-ci, devant le juge, avaient accepté
de sculpter des Victoires et des Cupidons, mais
non une image d'Esculape [1]. Et précisément l'un
des sculpteurs que Nanni di Banco a représentés
en bas-relief au-dessous du groupe de statues est

---

1. « Fecerunt Victorias atque Cupidines, Esculapii autem si-
mulacrum non fecerunt. »

occupé à tailler dans le marbre une figure d'enfant, dont le modèle est antique. Les Amours, devenus des dieux à tout faire, avaient pullulé sur les sarcophages et sur les urnes de marbre, où ils prenaient toutes les attitudes. Les uns, faisant office de génies funéraires, tiennent, avec une mine de circonstance, la couronne ou la torche renversée; d'autres, opposés deux à deux, portent en volant une inscription ou un médaillon; d'autres encore, groupés en plus grand nombre, jouent aux vendanges, dansent, font de la musique, pour rappeler, en présence de la mort, les plaisirs des saisons et les joies de la vie. Ces amours des tombeaux firent leur rentrée dans la sculpture italienne dès les premières années du quinzième siècle. Jacopo della Quercia les a rangés, porteurs de guirlandes massives comme leurs corps, autour du sarcophage de Lucques sur lequel Ilaria del Caretto dort d'un sommeil si pur. Après lui, Donatello fait sculpter par Michelozzo, sur le grand tombeau du baptistère de Florence, deux amours nus, assis et penchés l'un vers l'autre, qui portent l'épitaphe : « *Johannes quondam papa* ». D'autres, directement copiés d'un sarcophage, soutiennent en volant une couronne au bas du tabernacle du *saint Louis,* à Or San Michele; d'autres encore sont logés dans les cintres de l'arcade, à la place des Victoires. Bientôt le sculpteur va rendre la vie à de petits êtres d'une race plus joyeuse, délivrés de tout rôle funéraire ou héraldique, et uniquement occupés à ces jeux que l'art le plus frivole et le plus profane de l'antiquité avait variés si spirituellement pour l'amusement dès raffinés. Ces Amours, il ne les a pas le premier retrouvés sur les marbres antiques. Dès le commencement du quinzième siècle, Nicolas d'Arezzo avait fait folâtrer les enfants ailés, danseurs et musiciens, sur une porte de la cathédrale de Florence. Mais c'est à Donatello qu'il appartenait d'animer et de transformer le motif antique jusqu'à le rendre sien.

Vers 1428, des statuettes d'enfants ailés en bronze viennent se poser sur les fonts baptimaux de Sienne, aux angles du *tempietto* de marbre. Chacun de ces *amoretti* se tenait debout sur une coquille entourée d'une couronne. Trois d'entre eux sont restés en place : l'un souffle dans une trompette, le second frappe des cymbales, un troisième danse. Un quatrième, qui est à Berlin et dont la place reste vide à Sienne, joue du tambourin [1] (Pl. 9). Donatello, comme Niccolà d'Arezzo et Jacopo della Quercia, a vu de ces Amours sur les marbres romains. En 1430, un Florentin parle,

1. Les autres *amoretti* de Sienne ont été modelés par le Siennois Giovanni Turini, qui avait lui-même fondu les statuettes de Donatello. L'enfant du Musée national de Florence, qui joue des castagnettes, n'a pas d'ailes. Il est un peu plus petit que les *amoretti* de Sienne. C'est probablement une « étude » pour l'un de ces *amoretti*, qui aura été fondue en bronze pour un amateur florentin du quinzième siècle.

Planche IX.

Phot. F. Bruckmann A.-G.

Baptistère San Giovanni.     Musée de Berlin.*     Baptistère San Giovanni.

TROIS « PUTTI » DU BAPTISTÈRE DE LA CATHÉDRALE DE SIENNE. — BRONZE.

*Extrait de l'ouvrage de M. Bode : *Denkmäler der Renaissance.*

dans une lettre adressée à Naples, de deux sarcophages exhumés à Pise et près de Lucques, et
dont l'un était orné de petits génies *(ispiritelli)*.
Il ajoute que Donatello les a vus et les a trouvés
bien : « *Donato l'ha lodate per chose buone.* » Mais
en modelant les *ispiritelli* de Sienne, le sculpteur ne s'est pas contenté de tirer d'un relief de
marbre des statuettes à fondre en bronze : il a
étudié les corps souples et ronds d'après le modèle vivant. Le modèle est encore serré de plus
près dans les groupes d'enfants, de grandeur naturelle, simplement exécutés en terre cuite, qui tiennent des guirlandes sur l'entablement du cadre de
l'*Annonciation* de Santa Croce, et qui se serrent
l'un contre l'autre, pour ne pas tomber, comme si
leurs petites ailes tenaient mal à leur corps potelé.
Ils ne sont pas tout à fait nus : le sculpteur leur a
laissé une tunique très fine, une sorte de chemi-
sette, qui ne cache rien. Il les a modelés tels qu'il
les avait vus, avec leur chair grasse et leurs fos-
settes. Ces petits cousins florentins des Amours
romains, les artistes de la Renaissance leur ont
donné leur vrai nom, quand il les ont appelés, non
pas seulement des *amoretti,* mais des *putti,* c'est-à-
dire des « petits ».

Les enfants qui commencent à pulluler dans
l'œuvre de Donatello sont beaux, vigoureux et
joyeux. Ici le Florentin se sépare des maîtres du
Nord, dont il se trouvait si près quand il sculptait

des hommes mûrs et vieillis. L'art réaliste de Jean
van Eyck et de ses contemporains ne connaît
guère d'autre enfant que l'Enfant Jésus ; il en a
fait un petit être chétif et vieillot. Pour cet enfant,
comme pour le chrétien, la vie doit être chose
douloureuse et grave. Les *putti* du baptistère de
Sienne sont païens ; comme leurs jeux et leur sourire, tout leur corps souple et ferme respire la joie
élémentaire et profonde qu'avait exprimée l'art
antique : la simple joie de vivre.

Que nous sommes loin de ce *Zuccone,* si las, si
éteint, si refroidi ! Celui-là faisait penser à la mort.
Comment Donatello a-t-il passé de la vieillesse à
l'enfance, de l'amertume à la joie ? L'antiquité,
sous la figure enfantine des Amours, a fait ce miracle : elle a rajeuni l'homme qui, après sa trentième année, s'était tourné vers la vieillesse, pour
capter le flot de la vie, plus lent et plus trouble, à
la fin de son cours. Les Amours l'ont ramené en
dansant vers le spectacle de l'enfance, comme
vers la source fraîche, à laquelle il devait revenir
bien des fois, pour oublier un moment ce que ses
yeux trop pénétrants voyaient dans l'humanité de
tristesses, de laideurs et de drames.

L'antiquité eut ainsi, comme l'a dit M. Bode[1],
l'action d'un « contrepoids » qui tirait Donatello

1. *Florentiner Bildhauer der Renaissance,* 1902 ; Introduction, page 8.

hors de son pessimisme d'artiste. Il céda tour à
tour aux forces contraires qui se disputaient son
génie. Elles s'équilibrèrent heureusement dans
une série d'œuvres que l'on peut placer avec vraisemblance immédiatement après la farouche assemblée des *Prophètes* du campanile.

# CHAPITRE VII

---

LES premiers enfants nus sont accompagnés, dans l'œuvre de Donatello, par un groupe de figures de femmes, qui suivent, à quelques années de distance, la princesse du bas-relief de *saint Georges*. Les *Vertus* des tombeaux auxquels Donatello a collaboré ont été sculptées par Michelozzo. C'est le praticien qui a donné aux caryatides du tombeau de Naples et aux *Vertus* en bas-relief du tombeau papal de Florence leurs traits durs et masculins. Les statues de la *Justice,* en tunique grecque, et de la *Force,* en toge, qu'il a exécutées seul pour le tombeau de Montepulciano, sont des hommes. A l'exemple des marbriers florentins qui, à la fin du quatorzième siècle, copiaient les antiques *togati,* même lorsqu'ils avaient à représenter la *Vierge de l'Annonciation* [1],

---

1. Voir plus haut, p. 16.

Michelozzo ne sait tirer du marbre que des statues
viriles. Donatello, de son côté, a modelé pour le
baptistère de Sienne deux statues de *Vertus* qui
devaient être placées à droite et à gauche de l'un
des bas-reliefs de Ghiberti. La *Foi,* dans les longs
plis de sa draperie tourmentée, est une *virago*
sévère et sybilline; mais l'*Espérance* est une vraie
jeune fille aux ailes d'ange, qui lève ses bras ronds
et jeunes et son regard confiant vers les *putti* du
couronnement.

L'ange de l'*Annonciation* de Santa Croce, qui
contemple Marie avec un respect si tendre, ressemble, sous ses grandes ailes, à l'*Espérance* de
Sienne. Il relève sa longue robe de la main gauche
avec un geste instinctif et tout féminin. La Vierge
a la coiffure simple, la beauté pleine et la gravité d'une Athénienne; mais son attitude est de
celles qu'aucun sculpteur de l'antiquité n'aurait
imaginée, ni aucun sculpteur italien avant Donatello. Marie, qui s'est levée, effrayée et prête à
fuir, se retourne et s'incline en entendant la *Salu-
tation.* Deux mouvements successifs, indiqués, l'un
par la pose des pieds, l'autre par l'inflexion du
haut du corps, sont unis, comme s'ils avaient été
saisis du même coup d'œil, en « instantané ».
Dans le cadre bizarre et magnifique, au milieu
des dorures qui mettent des broderies aux vêtements et du blond aux cheveux, le groupe compose une ravissante harmonie de formes et de

sentiments, où la grâce de la jeunesse est enno-
blie par le respect et la pudeur. Ce bas-relief, dont
les visages ont la beauté antique, est l'œuvre la
plus « religieuse » de Donatello, dans l'ordre des
mystères de joie.

La Vierge-Mère, avec l'Enfant dans ses bras,
apparaît à mi-corps sur les tombeaux sculptés par
Donatello et Michelozzo. Elle est pareille aux
*Vertus* de ces tombeaux : une matrone sévère et
froide, vue de face et modelée dans un fort relief.
C'est ainsi que Michelozzo représentera toujours
la Madone. D'autres Vierges, dont la silhouette,
vue de profil, se détache sur le fond du marbre
en bas-relief « schiacciato », ont été sculptées
par Donatello lui-même, ou d'après ses esquisses,
au temps où il travaillait aux tombeaux ou aux
bronzes du baptistère de Sienne. L'une de ces
Vierges est contemporaine de l'*Assomption* encastrée dans le sarcophage du cardinal Brancacci.
Elle se trouve aujourd'hui à Boston, dans la collection de Mⁿ Quincy Shaw. La Vierge, avec
l'Enfant dans ses bras, est assise en plein ciel,
sur les nuées que traversent les génies des airs.
Ce bas-relief n'a pas fait partie d'un ensemble de
sculpture et d'architecture : c'est un vrai tableau
de dévotion, comme l'*Ascension* de Londres. Il
devait être placé dans un cadre de bois doré et
figurer dans un oratoire ou une chambre, à côté
des tableaux peints *a tempera*. Est-ce Donatello,

ou Luca della Robbia, qui mit à la mode ces
tableaux sculptés? Il est certain que ceux de Donatello furent recueillis au quinzième siècle par
des amateurs illustres. On trouve dans l'inventaire des Médicis une *tavoletta in marmo,* « de la
main de Donatello, où il y a une Notre-Dame,
avec l'Enfant au cou ». C'est presque la description du *quadro* de marbre qui a passé du palais
des Pazzi au Musée de Berlin : le raccourci encore
maladroit des mains indique une œuvre contemporaine du bas-relief de Sienne. D'autres Vierges
de Donatello appartiennent à la même période de
la vie de l'artiste. Parfois la composition s'agran-
dit. Sur le marbre de Boston, la scène est transportée dans les airs; sur d'autres bas-reliefs, elle
a un fond d'arcades, pareil au décor du *Festin
d'Hérode.* J'ai trouvé ces arcades sur un marbre
donatellesque, perdu à Ségorbe, en Espagne, et
provenant de la Chartreuse de Val de Cristo, où
il a été sans doute envoyé par le roi Alphonse
d'Aragon : la *Vierge* assise devant les arcades est
accompagnée de deux *putti*. Sur un stuc dont on
connaît plusieurs exemplaires, et qui reproduit
directement une esquisse de la main de Donatello, le cortège de la *Vierge* assise devant le fond
d'arcades est formé de deux saints et de deux
anges, vrais athlètes qui ont le profil des légionnaires d'Hérode.

Les *Vierges* dont Donatello a multiplié les

images, entre 1425 et 1430 environ, portent des enfants robustes comme les *putti* et les génies des airs. Elles-mêmes sont fortes et graves. La *Vierge* de Boston, si petite qu'elle soit, apparaît comme une sorte de sibylle géante, dans l'étroit cadre de marbre où elle est repliée et qu'elle heurte de la tête. D'autres, plus humaines, font penser, avec leur profil droit de médaille antique, à des Amazones veillant sur l'enfance d'un héros ; mais elles n'ont pas l'impassibilité des guerrières et des déesses. Elles se penchent vers leur fils, l'étreignent, le regardent dans les yeux avec une violence inquiète. Même la *Vierge* de Boston, celle qui plane dans les nuées glorieuses, garde l'angoisse des maternités terrestres.

Ces Mères de douleur ne ressemblent guère aux Madones frivoles qu'un Nino Pisano avait fait sourire aussi joliment que les Vierges coquettes des ivoiriers parisiens. Mais, plus d'un siècle avant Donatello, Giovanni Pisano avait fait de la Vierge une robuste femme, qui avait dans la bouche et le regard une angoisse et une amertume, comme si elle entrevoyait sur la tête de l'Enfant la menace de la Passion. Donatello a vu à Prato et à Pise même de ces statues du vieux sculpteur tragique, dont il a pu se souvenir dans ses bas-reliefs. Ce n'est pas sans doute par hasard qu'il a sculpté, vers le même temps que ses premières *Vierges*, un bas-relief de marbre qui représentait un motif introduit

dans l'art chrétien par Giovanni Pisano et négligé
après lui par les sculpteurs toscans : le Christ
mort, vu à mi-corps et pleuré par les anges. Le
bas-relief, aujourd'hui à Londres, est une des
œuvres de Donatello où la tragédie chrétienne a
pris les formes les plus classiques : la tête morte
du Christ retombe sur un corps d'Apollon hercu-
léen, et les anges, qui pleurent comme de vrais
enfants, ont le corps des Amours.

L'union de la beauté antique avec des tristesses et des douleurs inconnues de l'antiquité se
retrouve dans une statue de Donatello qui paraît
être contemporaine de ses premiers *quadri* de
marbre.

C'est le *saint Jean-Baptiste* en marbre, de grandeur naturelle, qui est resté depuis le quinzième
siècle dans le palais des Martelli. Le soin précieux
que l'artiste a mis à travailler le marbre de sa main
se montre dans la laine de la toison, aussi bien
que dans le nu. Ce saint Jean est un peu plus jeune
que le marcheur halluciné du Musée du Bargello.
Lui aussi il est consumé lentement par le délire
prophétique; ses grands yeux sont fiévreux et sa
bouche entr'ouverte, dont on aperçoit les dents,
exhale un souffle haletant. Mais le corps a été à
peine touché par le mal. Si la poitrine est amai-
grie, les bras et les jambes sont ceux d'un éphèbe
qui serait resté à l'écart des jeux de force; les pieds
délicats ont des sandales à l'antique. Le mélange

de souffrance et de vivante jeunesse qui compose
le charme fragile de ce marbre fait du *saint Jean*
des Martelli une œuvre unique, dont la délicatesse
florentine devait séduire les sculpteurs les plus
délicats de Florence.

# CHAPITRE VII

**D**ONATELLO avait dépassé « le milieu du chemin de la vie » ; il s'était révélé dans la statuaire, le bas-relief, et jusque dans l'architecture, comme un créateur ou un novateur ; il avait eu des audaces impossibles à dépasser, dans la représentation de la vie humaine, et dans l'interprétation plastique de l'espace et de la lumière ; il avait donné un charme nouveau à la beauté antique, affinée par les sentiments chrétiens ; il se sentait dans la plénitude de ses forces, lorsqu'il partit pour Rome, à quarante-cinq ans.

Dans l'immense ville de ruines qu'il avait vue dans son adolescence, il trouva une ville papale qui n'existait plus, au temps du grand schisme, et que la population, le commerce, le mouvement d'une cour avaient commencé à ranimer, depuis que l'élu du concile de Constance, Martin V, était revenu au siège de Pierre. C'est pour achever le

7

tombeau de ce pape que Donatello avait été appelé. Un de ses disciples, Simone le Florentin, lui
aurait demandé de venir à Rome pour voir le
modèle de ce tombeau, avant la fonte en bronze.
Vasari fait de ce Simone un frère de Donatello,
lequel n'avait qu'une sœur. Il se peut que le modèle en question ait été commandé de Rome au
maître lui-même, comme le tombeau Brancacci
l'avait été de Naples, et que Donatello, après
avoir envoyé un élève avec une esquisse, soit venu
surveiller sur place les derniers travaux. Le tombeau de Martin V, couché dans la basilique de
Latran, devant le ciborium, est une grande plaque
de bronze, où le pape, vêtu de la chape, et la tiare
en tête, est étendu sur une sorte de brancard, terminé en forme de niche arrondie dans le bas
comme dans le haut : c'est la disposition du tombeau de l'évêque Pecci, à Sienne. Les ornements
dont le tombeau du pape est surchargé doivent
leur sécheresse à la ciselure de Simone ; ils sont
imités de l'antique, très librement, et tout mêlés
de figurines et de têtes d'enfants. Le pontife mort,
avec son masque noir et dur, est une œuvre magistrale, dont Antonio Pollaiuolo se souviendra,
en modelant l'effigie funéraire de Sixte IV, couché
sur son lit de parade, dans la basilique de Saint-
Pierre [1].

1. Donatello reçut à Rome la commande d'une dalle tumulaire en marbre, celle du notaire apostolique Giovanni Crivelli,

Donatello passa à Rome plus d'une année. Le
pape avait pris à son service un autre Florentin,
Antonio Averulino, qui s'était lui-même donné le
surnom grec de Filarete. Ce pédant, plus architecte que sculpteur, et plus humaniste qu'artiste,
fut chargé de modeler les portes de bronze dont les
bas-reliefs sans vie et chargés d'érudition mytholo-
gique représentèrent la renaissance du paganisme
à l'entrée de la basilique constantinienne de Saint-
Pierre. Quant à Donatello, le pape ne s'adressa à
lui que pour les décorations éphémères qui furent
élevées sur le passage de l'empereur Sigismond,
lors de son entrée solennelle à Rome, le 31 mai 1433.

Aussitôt après l'entrée de l'empereur, il revint à
Florence. Il laissait à Rome, avec les deux tombeaux encastrés dans le pavement de la basilique
du Latran et de l'église d'Aracœli, un petit monument de marbre, un tabernacle pour le Saint Sacre-
ment qu'August Schmarsow a retrouvé en 1886,
dans l'une des nombreuses sacristies de la basilique.

qui est encore visible, dans un coin de l'église d'Aracœli, sur le
Capitole. Le seul intérêt de ce marbre, usé par le passage des
générations, est, en dehors de la signature, presque illisible, dans
la niche en coquille où apparaît couché le dignitaire, coiffé de
son aumusse. L'architecture de cette niche rappelle de très
près celle du tabernacle d'Or San Michele, et cette fois, on
ne peut l'attribuer à Michelozzo. Un marbrier inconnu a copié
la dalle de Giovanni Crivelli, en sculptant pour l'église romaine
de Santa Maria del Popolo le tombeau du chanoine Scade,
mort en 1452, plnsieurs années après que Donatello eut quitté
Rome.

L'architecture est une improvisation décorative, qui nous donne une idée des arcs triomphaux de bois et de toile que Donatello devait dessiner pour l'entrée de l'empereur. Le souvenir du tabernacle d'Or San Michele est visible dans le dessin du fronton triangulaire, les proportions des pilastres et la sveltesse du petit monument tout entier. Mais la main de l'artiste a modifié librement les formes classiques, tout en leur laissant, dans la basilique romaine, une sévérité en accord avec les antiques modèles romains. C'est une idée de sculpteur que d'avoir représenté par deux fois les pilastres, avec leur soubassement et leur couronnement compliqué, d'abord de face et en ronde bosse, puis de profil et en très fin bas-relief (Pl. 10).

La porte de bronze doré qui fermait autrefois le tabernacle a été remplacée par une insignifiante Madone sous verre. La décoration sculptée dans le marbre même fait du petit tabernacle, si longtemps oublié, une des œuvres capitales de la Renaissance. Un bas-relief qui doit dégager le sens sacré du monument est placé audacieusement dans le haut, sous un rideau que deux enfants tirent, comme les anges du tombeau Brancacci, pour laisser voir le gisant. En effet le tableau sur lequel se lève le voile est funèbre : c'est la *Mise au tombeau,* qui doit nous rappeler que le Christ est présent et caché dans les hosties du tabernacle, comme il l'a été au sépulcre. Le relief « *schiacciato* » est exac-

TABERNACLE POUR LES HOSTIES.

Marbre.

Saint-Pierre de Rome. Sacristie des « Beneficiati ».

tement celui de l'*Ascension* de Londres. Le beau
cadavre ployant aux bras des porteurs est imité
d'un des sarcophages antiques qui représentaient
la mort de Méléagre, et que Leone Battista Alberti
a admirés à Rome, peu de temps après Donatello [1].
Dans le bas du tabernacle, à droite et à gauche de
la porte, trois anges enfants, vêtus de tuniques
légères, sont debout en adoration; mais leur rôle
n'est pas uniquement d'adorer. Ils tiennent leur
place dans l'architecture, dont leur relief traduit les
ressauts. D'autres enfants ailés, anges ou génies,
sont indifférents au mystère et inutiles au sens religieux de l'œuvre. Leur unique raison d'être, c'est
d'accompagner l'architecture, comme une harmonie
vivante. Donatello achève à Rome ce qu'il avait
indiqué en parant de masques et de figurines le
tabernacle d'Or San Michele et le cadre de l'*Annonciation* de Santa Croce. Maintenant les enfants
suivent sur le soubassement la courbe des disques
qu'ils soutiennent; ils se couchent sur les rampants
du fronton; ils se dressent debout au-dessus des
chapiteaux, comme pour atteindre l'entablement de
leurs ailes levées. La sculpture s'unit à l'architecture comme la vie au corps.

Pour comprendre ce qu'apportait dans le monde
de l'art le petit tabernacle de Saint-Pierre, il faut

1. « Lodasi una storia in Roma nella quale Meleagro morto
portato adgrava quelli che portano il peso... » (*Trattato della
Pittura*, liv. II).

monter à la Chapelle Sixtine. Les enfants peints
sur la voûte, couleur de pierre ou de bronze, ceux
qui, à demi couchés, s'opposent face à face ou dos
à dos, comme feront les statues des tombeaux des
Médicis, ceux qui, groupés deux par deux, se
tiennent debout contre les pilastres, ce sont les
enfants de Donatello, devenus gigantesques et her-
culéens. On ne peut douter que Michel-Ange n'ait
longuement regardé et compris plus profondément
que personne le tabernacle perdu dans l'immensité
de la vieille basilique.

Or le système de décoration que Michel-Ange a
appliqué dans sa grande œuvre de peintre, après
Donatello et d'après lui, ce système qui fait de là
figure humaine un pur ornement ou un membre de
l'architecture, c'était, peut-être, de toutes les conquêtes artistiques de la Renaissance, la plus contraire à l'esprit même de l'art du moyen âge. Dans
la France du treizième siècle et dans la Toscane
du quatorzième, la figure humaine a un rôle et un
sens sacré : elle est, dans la cathédrale ou sur la
chaire sculptée, un mot du vaste poème religieux
auxquels collaborent peintres, sculpteurs et prêtres.
Si des imagiers de la cathédrale de Reims ont
fait sortir de la pierre des façades quelques têtes
souriantes ou grimaçantes qui n'ont rien à dire aux
fidèles, et qui ne sont là que pour l'ornement de
l'architecture et pour l'amusement des artistes, ces
inconnus doivent être tenus pour d'inconscients

révolutionnaires; telles des têtes de la cathédrale
de Reims ont la laideur vivante et l'expression sar-
castique des prophètes du campanile de Florence.
Les maîtres qui les ont sculptées, et qui sont
venus trop tôt pour être suivis, ont été de vrais
précurseurs de Donatello.

Lorsque l'art chrétien eut pris pleine cons-
cience de lui-même, la décoration monumentale
qu'il adopta fut presque exclusivement géométrique ou végétale. Ghiberti et Luca della Robbia,
en cueillant les motifs d'une décoration touffue
aux alentours de la ville dont le nom est Fleur, ont
repris en Italie, et de façon tout originale, une des
créations les plus fécondes de la sculpture française
du treizième siècle. Donatello, lui, ferme les yeux
à la flore vivante, mêlée d'oiseaux, dont les portes
du baptistère sont enguirlandées; il dédaigne le
décor végétal, comme le dédaignera Michel-Ange,
peintre de l'humanité nue sur la terre nue. Il compose ses ornements avec des motifs d'architecture
romaine, qu'il déforme à sa guise, et avec des
figures d'hommes ou d'enfants. Pour lui, la créature
élue, dont le moyen âge ne voulait faire que l'interprète des vérités divines, n'est plus qu'une arabesque, aussi étrangère, si l'artiste le veut, au drame
sacré où paraissent des créatures de même forme,
que peut l'être la corbeille d'un chapiteau, la surface d'un pilastre, ou la ligne oblique d'un fronton.
Ainsi le sculpteur florentin revient aux conceptions

de l'art antique, pour qui le corps de l'enfant, de
la nymphe ou du triton était « décoratif », au même
titre que l'animal aux reins souples ou que la volute
d'acanthe. Il crée dans l'art moderne le décor
« humain ».

Ce décor d'inspiration païenne, Rome elle-
même, où survivait la grandeur du paganisme, a
dû le mûrir dans l'esprit du sculpteur et le faire
éclore dans le marbre. Le séjour de la ville qui
avait laissé si peu de traces dans les souvenirs de
l'adolescent marqua l'homme profondément. Donatello a gardé dans sa mémoire la silhouette des
grandes ruines : il les a données pour décor à un
second bas-relief du *Festin d'Hérode,* un *quadro*
de marbre, esquissé en *schiacciato,* qui a fait partie
au quinzième siècle des collections des Médicis,
comme l'*Ascension* de Londres, et qui a passé,
sous le premier Empire, dans celle du commissaire
Wicar. Ce bas-relief est aujourd'hui au musée de
Lille, avec les célèbres dessins de la même collection et la mystérieuse tête de cire. Dans ce petit
tableau de marbre, les personnages sont plus petits
que dans le bas-relief de Sienne, et les édifices
beaucoup plus grands : c'est la *Danse de Salomé*
transportée dans les ruines d'un Forum, et sous le
ciel romain.

Donatello ne s'est pas contenté à Rome, comme
le dit Vasari, d'étudier « les choses antiques » : il
a visité en curieux les églises du moyen âge, et il a

été frappé de ce qui fait, pour nous, leur caractère et leur couleur : le mobilier de marbres polychromes, orné de mosaïques d'or, qui est l'œuvre des marbriers romains du treizième siècle. Ces ouvrages, imités des incrustations byzantines, avaient déjà séduit, au temps de Giotto, le Florentin Arnolfo di Cambio, lorsqu'il était venu travailler à Rome. Ils restèrent fixés dans le souvenir de Donatello, comme des taches brillantes. Désormais il se plaira à enrichir d'incrustations polychromes et de cubes de verre doré ses architectures, dont les plus brillantes, comme le cadre de l'*Annonciation* de Santa Croce, n'avaient eu pour décoration, avant le voyage de Rome, que des reliefs et des dorures au pinceau.

Mais quelques imitations de l'art romain de l'antiquité et du moyen âge ne mesurent pas ce que Donatello a dû à Rome. La ville sacrée, qui devait exalter si soudainement le génie d'un Raphaël et d'un Michel-Ange, a exercé déjà sur leur devancier une action mystérieuse, qu'il nous est permis de deviner. La vision du monde antique a rapproché l'artiste inquiet des dieux heureux; elle a achevé ce rajeunissement que déjà l'antiquité avait opéré en lui avant son départ pour Rome, et qui se manifeste, aussitôt après son retour à Florence, dans des œuvres pleines de force et de joie.

# CHAPITRE IX

LA DANSE DES ENFANTS AILÉS

DONATELLO, par l'entremise de Michelozzo, son « compagno », avait passé
un contrat, le 14 juillet 1428, avec la
Fabrique de la collégiale de Prato, cette
petite ville voisine de Florence, que la Renaissance a comblée de trésors. Il s'agissait d'une
tribune de marbre. Le projet ne reçut aucun commencement d'exécution avant le départ de Donatello pour Rome. Le sculpteur y fut relancé par les
fabriciens, qui lui dépêchèrent Pagno di Lapo.
Après son retour, il passa un second contrat avec
les fondés de pouvoir de Prato, le 27 mai 1434. Le
travail fut achevé et la tribune mise en place
quatre ans plus tard.

Cette tribune devait être un monument presque
unique en son genre : une grande chaire *(pulpito)*,
placée, non pas dans l'église, mais en plein air, à
l'angle sud-ouest de la vieille façade, et surmontée

d'un dais qui ferait parasol. L'architecture du
monument, pour laquelle un croquis avait été soumis dès 1428, est en dehors de toute formule
et comme tracée d'un jet : c'est Donatello, bien
plutôt que Michelozzo, qui a dû donner à la balustrade et au dais leur courbe légère et leur ampleur
superbe. Deux portes percées près de l'angle de
la façade font communiquer la tribune avec l'intérieur de l'église, par un escalier [1] : c'est par là que
devait apparaître et sortir, à la fête célébrée le
troisième dimanche de juillet, le cortège ecclésias-
tique chargé d'escorter et de présenter à la foule
que dominait la tribune la relique insigne de
Prato : la ceinture que la Vierge, au jour de son
Assomption, avait, disait-on, fait tomber du ciel
aux pieds de saint Thomas, pour confondre une
dernière fois l'incorrigible douteur. Le miracle
avait été représenté par Nanni di Branco, sur l'une
des portes latérales de la cathédrale de Florence,
celle où se trouvaient les deux petits prophètes
qui étaient les premiers ouvrages de Donatello.

Le sculpteur ne pensa pas un instant au relief de
son prédécesseur [2], lorsque au lendemain du contrat
de 1434, il se mit à l'ouvrage avec une ardeur de

1. Donatello a placé au-dessus de chacune de ces portes
l'écusson de Prato, qui était semé de fleurs de lys, depuis que
la ville s'était donnée au roi Robert d'Anjou.

2. Il l'avait déjà oublié, lorsqu'il sculpta l'*Assomption* du tombeau Brancacci, avant 1428 (Voir plus haut, p. 76).

jeune homme; moins d'un mois plus tard, un premier bas-relief était déjà exécuté en marbre, et un
organiste de Prato, qui habitait Florence, pouvait
écrire aux fabriciens, le 24 juin 1434 : « Tous les
connaïsseurs d'ici sont d'accord pour proclamer
d'une seule voix qu'on n'avait jamais vu une œuvre
pareille. » Ces fabriciens de Prato, étaient, à coup
sûr, des gens d'esprit ouvert, pour avoir accepté,
en partageant l'admiration des artistes, un projet
d'où se trouvaient exclues leur légende, leur Vierge
et leur foi.

L'édifice audacieux de la tribune s'appuie en
porte-à-faux sur un chapiteau de bronze, encastré
à l'angle de la façade et ciselé comme un joyau. La
décoration de ce chapiteau est étrangement com-
posite. Les motifs végétaux n'y entrent que pour
mémoire : toute la vie de la décoration s'est con-
centrée dans les figurines d'enfants nus et ailés.
L'un d'eux montre au-dessus du chapiteau sa coiffure de fillette, parée de joyaux, la guirlande jetée
à son cou, ses bras ronds appuyés sur le chapiteau
même; il se penche et sourit à deux garçonnets de
sa taille, potelés et bouclés, qui se tiennent à demi
couchés sur l'astragale, dans la pose antique des
dieux des fleuves, et qui, avec leurs yeux étonnés
et leur bouche rieuse, pourraient passer pour de
petits dieux des ruisseaux. D'autres, presque im-
perceptibles, dansent sur une palmette, s'accro-
chent à la courbe d'une tige montante, s'assoient

Planche XI.

CHAPITEAU EN BRONZE

placé sous la tribune extérieure de la cathédrale de Prato.

sur les volutes du milieu, se tiennent debout, au-
dessous des volutes d'angle, supportés par une
feuille longue et charnue.

Sur ce chapiteau de bronze, fondu d'un seul jet,
le thème de l'enfant ailé est répété et varié à quatre
échelles différentes ; mais les dix figurines sont si
ingénieusement adaptées, suivant leur taille, aux
formes de l'architecture, que l'ensemble est de
l'harmonie la plus heureuse, en même temps que
la plus rare (Pl. 11).

Le document relatif aux ferrements qui furent
nécessaires pour sceller le chapiteau de bronze
dans le muraille de l'église de Prato parle du chapiteau « *che fece Michelozzo* » : c'est pour nous
avertir que l'histoire de l'art doit se garder des par-
chemins pris trop à la lettre. « A fait » signifie :
« a exécuté, » c'est-à-dire : « a terminé dans la cire,
a fondu et ciselé ». Mais aucune des œuvres de
Michelozzo n'approche de cette liberté et de cette
fraîcheur d'invention. Le modèle du chapiteau n'a
pu être donné que par Donatello ; il l'a été presque
immédiatement après son retour de Rome, en exécution du premier contrat, et avant même que le
second ne fût passé : dès l'année 1433, la fabrique
de Prato fait des paiements à Donatello et à
Michelozzo pour un chapiteau, en août et en octobre. Le « décor humain » fait corps avec l'architecture, dans le chapiteau de bronze, plus parfaite-
ment encore que dans le tabernacle de marbre,

sculpté à Rome : les deux œuvres sont presque contemporaines, et, de l'une à l'autre, on suit la même inspiration.

Dans l'ensemble de la tribune de Prato, le chapiteau de bronze n'est, par sa date, comme sa fonction, qu'un commencement et un prélude ; mais il a posé le motif qui, au-dessus de lui, va s'enfler et s'épanouir joyeusement tout autour de la balustrade de marbre : les figures des sept bas-reliefs sont des enfants ailés, non plus immobiles, mais réunis par groupes de cinq ou de six, pour former des rondes. Ces enfants ne sont pas nus, comme ceux du chapiteau ; ils portent, comme les angelots du tabernacle de Saint-Pierre, des tuniques légères qui s'ouvrent largement sur leur corps vigoureux et plein. Chacun des groupes, encadré entre deux couples de pilastres, associe son mouvement de danse au rythme que semble dicter la courbe circulaire de la balustrade. Mais ces groupes, auxquels on ne peut chercher aucun sens sacré et qui forment simplement une décoration vivante, échappent à la tutelle de l'architecture, dans leur désordre bondissant. Les jambes emmêlées, les bras entrelacés se découpent sur un champ de mosaïque d'or, premier essai de ces décorations polychromes, dont les ouvrages des marbriers romains avaient donné le goût à Donatello. Bien que les groupes dansants soient plus grands que nature, les enfants du premier plan ne ressortent pas en ronde bosse ;

ils sont pris dans un relief très sensiblement aplati,
et qui passe par une dégradation lente au *schiacciato* des silhouettes du fond. Cet emploi du relief,
uni à la mosaïque d'or, suffit à prouver que Donatello, qui avait tant émerveillé les connaisseurs,
en présentant le premier bas-relief de la tribune, a
modelé ou esquissé de sa main les six autres.
Quant à l'exécution en marbre, elle est sommaire
et parfois lourde, surtout dans les bas-reliefs voi-
sins de la façade latérale : tandis que les danses,
réglées par le maître, se poursuivent sans mono-
tonie ni lassitude, les danseurs ont, pour la plupart, des jambes et des bras empâtés et pesants,
malgré le peu d'épaisseur du relief. Le travail
est très inégal d'un compartiment à l'autre. Un
observateur minutieux a voulu reconnaître dans
le premier bas-relief de droite la main de Michelozzo ; pour les autres groupes, il paraît impossible de faire la part de Pagno di Lapo et des
autres aides dont Donatello et Michelozzo s'étaient
entourés.

Si Donatello a laissé des praticiens sculpter à
Prato ses bas-reliefs, c'est qu'il avait reçu, dès son
retour de Rome, en juillet 1433, la commande d'une
autre tribune, destinée à la cathédrale même de
Florence, et sur laquelle il allait pouvoir développer encore plus librement la danse des enfants
ailés. C'était une tribune aux chanteurs, qui devait
être placée sous la coupole, au-dessus de l'entrée

d'une des sacristies [1], et faire face à une seconde
tribune, dont l'exécution avait été confiée, en
1431, à Luca della Robbia. Dès le mois de no-
vembre 1433, Donatello avait établi un atelier dans
une chapelle de la cathédrale, pour travailler au
*pergamo*. Les deux tribunes furent achevées, celle
de Luca en 1438, celle de Donatello en 1439. Deux
siècles et demi plus tard (en 1688), ces chefs-
d'œuvre démodés furent enlevés de la cathédrale
pour faire place à des tribunes de bois beaucoup
plus grandes. Les bas-reliefs, transportés de dépôt
en dépôt, n'ont été reconstitués qu'en 1883, dans
le petit musée de Santa Maria del Fiore.

Il faut se placer entre les deux *Cantorie,* pour
voir éclater, dans toute son évidence, le contraste
de l'art pieux et recueilli de Luca avec l'art fougueux et païen de Donatello. Sur la tribune de
Luca, on ne voit que des enfants qui chantent et
qui dansent; mais au-dessus d'eux, un texte est
gravé, en grandes capitales : un fragment de
psaume. Et voici que les reliefs, docilement et
respectueusement, illustrent mot à mot le chant
biblique : *Laudate Dominum...*

Tournons-nous maintenant vers Donatello. Ici,
plus d'inscription; plus de texte sacré, ni de pensée chrétienne. L'architecture elle-même, brillante

---

1. C'est la porte dont le tympan a été décoré de l'*Ascension*
de Luca della Robbia.

et bizarre, contraste avec la sobre et classique élégance de la *Cantoria* de Luca. La tribune est portée
par des consoles puissantes et lourdes, dont l'ombre
se projette sur des groupes d'enfants musiciens
et des disques de marbre gris, sur lesquels ressor-
taient des têtes de bronze doré, qui ont disparu.
Un seul bas-relief court sur toute la longueur du
parapet, à la manière d'une énorme frise. C'est
une mêlée d'enfants, ailés et demi-nus, comme
ceux de Prato, qui semblent courir, plutôt que danser; crier, plutôt que chanter. Aucune division im-
posée par l'architecture ne coupe le flot vivant : la
bacchanale passe derrière une sorte de portique,
dont les minces colonnes, groupées deux par deux,
restent largement espacées. Il faut regarder atten-
tivement et froidement le bas-relief, pour noter que
le sculpteur l'a divisé en deux groupes, séparés par
une draperie, qu'un enfant, debout et arrêté entre
les deux tourbillons, élève et laisse retomber droit,
comme un rideau léger, juste dans l'entrecolonne-
ment du milieu. Chacun des groupes est une danse
différente, qui tourne, comme les rondes de Prato,
mais en serpentant sur une courbe plus longue et
plus capricieuse. A la droite du spectateur, c'est
une danse des couronnes, une farandole, dont l'élan
semble coupé de loin en loin par un brusque mouvement, saisi au vol : celui des enfants, qui (comme
à Prato) tournent sur eux-mêmes sans quitter la
ronde, en « faisant le nœud ». A gauche, c'est une

course désordonnée, où les mains ne se prennent
que pour se lâcher aussitôt; un danseur s'est détaché du cercle rompu et fait des bonds de pyrrhique
avec un rire éclatant. Deux enfants luttent, pour
un bouquet, avec un de leurs compagnons, ren-
versé dans une pose de bacchante. Les coureurs
sont disposés sur deux plans, dont le plus éloigné
est aplati en *schiacciato;* parfois une jambe ployée
pour la course a le genou dans un plan et le pied
dans l'autre. Les enfants de la *Cantoria* florentine
sont plus musclés et plus sveltes que ceux de Prato;
de l'âge de trois ans, à peu près, ils ont passé à cinq
ou six ans. Le relief est plus accusé, à la fois plus
charnu dans les membres et plus fin dans les draperies; des aides y ont travaillé; mais Michelozzo
n'était plus en société avec Donatello quand l'œuvre
a été achevée. C'est le maître qui a tout animé,
même lorsqu'il a passé le ciseau à un autre (Pl. 12).

Les deux épaisses tables de marbre qui, au-dessous et au-dessus du bas-relief, semblent sup-
porter les colonnettes et être supportées par elles,
sont couvertes d'un décor voyant, qui mêle aux
motifs classiques des inventions presque barbares :
de ces motifs, les uns sont parés de verroteries, les
autres se détachent en clair sur une mosaïque d'or.
Les colonnes elles-mêmes sont tout incrustées
de cette mosaïque; à certains jeux de lumière, le
scintillement de l'or les fait presque disparaître,
car il couvre aussi le fond du bas-relief, entre les

TRIBUNE AUX CHANTEURS DE SANTA MARIA DEL FIORE.

Florence. Musée de l'Opera del Duomo.

silhouettes agitées. Donatello traite ici la mosaïque
tout autrement que les marbriers romains, qui en
avaient composé des étoiles régulières, et que ses
propres praticiens, qui, à Prato, ont plaqué les
cubes dorés par masses compactes : partout, et
jusque sur les colonnes, il pique les points d'or
un par un, en réservant entre eux des intervalles
de blanc. L' « impressionniste » de la sculpture
devient, dans les mosaïques de la *Cantoria,* un
véritable « pointilliste ».

Tout cet or, que le moindre reflet de soleil met
en danse, accompagne la course folle du bas-relief ;
l'architecture, qui, dans le tabernacle de Rome,
réglait les attitudes des figurines sur son rythme
sévère, semble maintenant se laisser entraîner dans
le mouvement de la sculpture et tournoyer avec
elle. Lorsque la *Cantoria* de Donatello a été achevée, quel flot de gaieté et de lumière est entré
dans la pénombre de la cathédrale immense et nue !

En regard de cette œuvre, la plus rayonnante de
jeunesse qui soit sortie des mains d'un sculpteur,
les enfants de Luca della Robbia semblent graves,
même lorsque leur sourire est le plus délicieux.
Ils n'ont pas d'ailes : ce sont des acolytes drapés
comme les « camilles » des cultes antiques, ou des
enfants de chœur demi-nus ; ceux qui chantent ressemblent aux jeunes chantres qui devaient se
grouper derrière la balustrade de marbre. Les
enfants ailés de Donatello ne sont pas les fils

des hommes ; mais ils ne sont pas des anges venus
du ciel des chrétiens. Ces Amours, qui forment
leurs chœurs de danse en l'honneur de la *Madonna
della Cintola* ou de *Santa Maria del Fiore,* nous les
connaissons.

Donatello les avait vus et aimés, longtemps avant
le voyage de Rome, au retour duquel il célébra
leur triomphe à Prato et à Florence. Maintenant
ils s'emparent en maîtres turbulents de l'imagination du sculpteur. Ils jouent et courent en liberté,
si nombreux et si rapides qu'on a peine à les compter. Leur mouvement désordonné et leur folie
joyeuse deviennent l'unique sujet d'une vaste composition, et font l'œuvre entière.

Les sarcophages de Toscane et les marbres de
Rome n'ont pu offrir à Donatello une image de ce
tourbillon vivant. En vérité le sculpteur ne regarde
plus les modèles antiques, dont il était parti. Les
enfants qu'il a fait sauter à Prato, courir à Florence, ce sont les *ragazzi,* nus sous leur chemise
trouée, que le sculpteur voyait alors dans les rues
de sa ville, et que nous voyons encore à Naples :
ils ont donné à l'artiste le spectacle de la nudité
en mouvement, que les athlètes de la Grèce
offraient dans les grands jeux, école des sculpteurs.

Les gamins qui continuent à jamais leurs courses
folles sur les saintes tribunes de Prato et de Florence, Donatello n'a pas cherché à les faire beaux,
en arrondissant leurs joues ; mais il leur a prêté

une force qui semble grandir, de la tribune de Prato à la *Cantoria* de Florence, en même temps que les enfants eux-mêmes. Cette force dépasse les petits corps; elle traverse les danses, comme le souffle de l'artiste créateur. Les *putti* de Donatello ne sont pas plus, désormais, de simples enfants de Florence que des Amours d'après l'antique. Leurs membres drus, leurs faces qui crient, leur danse bachique respirent la sauvagerie des satyres et des Pans. Ils foulent aux pieds des feuilles et des fleurs, comme s'ils couraient libres dans la libre nature. Animaux bondissants et superbes, ils sont d'une race surhumaine. Leurs membres agiles conservent les plis de la première enfance : on dirait des enfants de géants, et, en effet, ils sont les fils d'une divinité féconde, les éléments mobiles d'une force immense, l'*Alma Venus* de Lucrèce, que nous appelons la Vie. Cette race nouvelle, ces enfants qui participent des Amours et des Satyres, nous transportent bien loin des jolies inventions de l'art alexandrin; on ne ne peut les comparer qu'aux types divins nés de l'ancien art grec, au temps des maîtres sévères. Dans le siècle où ils apparaissent, les *putti* de Donatello sont les vrais génies de la Renaissance florentine, à la fois Renaissance de l'Antiquité et Renaissance de la Vie.

# CHAPITRE X

**D**ONATELLO était revenu de Rome depuis quelques mois à peine, lorsque Cosme de Médicis dut quitter Florence, où son adversaire, Rinaldo degli Albizzi, l'avait retenu un moment prisonnier au Palais de la Seigneurie. L'exil fut pour Cosme l'occasion d'un voyage à Venise, où il fut fêté en souverain, et où Michelozzo le rejoignit. Un an après son départ, il faisait à Florence un retour triomphal, et commençait ce règne d'un grand bourgeois amateur de livres et d'art, auquel rien ne peut être comparé dans l'histoire politique depuis le temps de Périclès, et que l'avenir ne reverra pas.

Vasari rapporte que Cosme montra une affection très vive pour le génie de Donatello, et que le sculpteur répondit à cette affection par un dévouement attentif aux moindres désirs de son ami. Le biographe ne fait que suivre le témoignage d'un

contemporain de Cosme et de Donatello, Vespasiano dei Bisticci.

Les humanistes de cette génération étaient
encore éloignés du cicéronianisme vain et puéril :
ils aimaient l'antiquité dans ses ruines et ses
marbres, aussi bien que dans les livres. Archéologues en même temps que philologues, ils tinrent
Donatello pour un grand connaisseur de l'art antique. Cyriaque d'Ancône, l'infatigable voyageur,
rendait visite au sculpteur, en passant par Florence. Pogge, que sa passion de collectionneur
mit plus d'une fois en compétition avec Cosme de
Médicis, disait avec orgueil, en parlant de l'un
des marbres assemblés dans sa villa : « *Donatellus
vidit et summe laudavit.* »

Donatello avait-il réuni lui-même des antiques,
comme ceux que les humanistes admiraient dans la
riche demeure de Ghiberti, et dont ce raffiné jouis-
sait, ainsi qu'il nous l'indique dans ses *Commentaires,* autant par le toucher que par la vue ? Le
peu que nous savons de la vie de Donatello doit
nous faire croire que, sans fortune et sans goûts
de luxe, il n'eut guère chez lui, en fait d'œuvres
d'art, que celles qu'il créait de ses mains. Vasari
prétend bien que ce fut Donatello qui donna à
Cosme « la volonté d'introduire à Florence les
antiquités » qui formèrent le premier fonds du
musée médicéen ; mais les humanistes et les curieux ne manquaient pas à Florence pour flatter le

grand banquier dans ses goûts de collectionneur.

Il est certain, tout au moins, que Cosme employa le sculpteur dont il se fit un ami à restaurer ses marbres. Parmi ceux qui furent complétés par Donatello, Vasari cite des bustes romains et le fameux *Marsyas* qui se trouvait au quinzième siècle dans l'une des cours du palais des Médicis.

L'illustre collectionneur commanda encore à Donatello des œuvres originales qui étaient appelées à figurer à côté des antiques. Le *David* de bronze, qui est maintenant, au palais du Bargello, le plus précieux ornement de la salle de Donatello, fut probablement achevé plusieurs années avant que Cosme ne fît construire son palais de la Via Lata. Il fut ensuite placé au milieu de la cour de ce palais et y resta jusqu'en 1495 : après le triomphe de la Révolution théocratique dont Savonarole était l'âme, il fut transporté devant le Palais du Peuple, dans lequel se trouvait déjà le premier *David* de Donatello.

Le *David* de bronze aurait pu courir le risque d'être condamné au bûcher par le moine qui avait vaincu la Renaissance au nom du « Dieu de David ». Il est nu et beau comme un demi-dieu du paganisme. Ses cnémides, gravées de fines palmettes, ne sont qu'une parure d'où le sculpteur « a fait jaillir les jambes plus souples et plus sveltes [1] ».

1. A. Michel.

La coiffure posée sur les longs cheveux qui bai-
gnent les épaules est un pétase couronné de lierre.
L'œuvre, petite pour une statue, paraît d'autant
plus délicate que l'exécution est plus raffinée : le
maître lui-même a dû diriger la ciselure des moindres
détails. Il faut se représenter le bronze impec-
cable sur le piédestal où les visiteurs des Médicis
l'ont vu dans le cadre solennel et lumineux du
grand *cortile*. Quel que fût l'angle sous lequel il
se présentât, et de dos, comme de profil ou de
face, les connaisseurs pouvaient suivre des yeux
la finesse de ses lignes. Certes les humanistes
qui contemplaient presque chaque jour ce corps
d'Apollon et ce visage qui garde dans la joie de la
victoire un calme divin, avaient raison d'admirer
Donatello comme un ancien : *da essere numerato
fra gli antichi*.

Cependant le sculpteur n'a pris à l'antiquité
qu'un thème dont les variations lui appartiennent.
L'étude du modèle nu est partout visible, et surtout dans la hanche, dont le profil anguleux ne
s'accorde pas exactement avec le modelé de la poitrine et du ventre, plus musculeux et plus proche
de l'antique. Le visage, dont le nez est long et la
bouche grande, est celui d'un jeune Florentin.
Donatello a mis dans la main de l'éphèbe un cimeterre droit, qui est une arme musulmane. Il a
donné aux ailes du grand casque, tombé avec la
tête du géant, le frémissement d'un oiseau blessé à

mort : l'une des ailes palpite sous la semelle de la
fine jambière qui l'écrase; l'autre caresse comme
d'un dernier battement la jambe ronde du bel
enfant (Pl. 13).

Le type du jeune vainqueur, que Donatello avait
créé dans sa jeunesse, en sculptant le *David* de
marbre pour la cathédrale, atteint son achèvement
dans ce bronze, fait pour devenir l'objet du culte
profane rendu par des savants et des délicats à la
beauté nue d'un corps jeune, paré des plus précieux raffinements de l'art. Entre ces deux *David*
il faut en replacer un autre, qui appartient aux
Martelli, mais qui, moins heureux que le *saint Jean*
maladif et charmant, a été littéralement estropié
par un praticien ignare. Donatello n'avait donné
qu'une esquisse de cire, qui s'est conservée, parce
qu'elle a été fondue en bronze, peut-être pour un
amateur du quinzième siècle. Cette statuette de
premier jet, aussi fière que le marbre est balourd, a
été recueillie de nos jours par le Musée de Berlin :
elle donne la première indication du mouvement
de jambes et de bras que l'artiste a conservé dans
le *David* des Médicis : ce second *David* tient la
fronde, comme celui de la cathédrale. Le troisième
*David*, le bronze médicéen, tient l'épée, avec laquelle il vient de trancher la tête qui était déjà
déposée aux pieds des deux frondeurs. Bras et
jambes se sont dégagés, le dernier vêtement est
tombé, et la silhouette a gagné toute la légèreté

**DAVID VAINQUEUR.**

Bronze.

Florence. Musée National.

que peut donner la technique du bronze. On peut suivre dans la série des trois *David* de Donatello le développement harmonieux d'un thème plastique, aussi bien que dans l'histoire des dieux créés par la sculpture grecque.

Le *David* de bronze n'est daté par aucun témoignage. Il a plus d'un trait de ressemblance avec les *putti* nus de Sienne, fondus en 1428; lui aussi est debout dans le cercle étroit d'une guirlande de laurier. Doit-il être reporté avant le voyage de Rome? Cosme avait connu Donatello et Michelozzo dès l'époque où son père avait commandé aux deux sculpteurs le tombeau du pape détrôné que lui-même avait accompagné au concile de Constance[1]. Mais il ne put s'occuper activement de fondations et de collections que lorsqu'il fut tranquillement assis dans le pouvoir. Le *David* a dû être conçu dans les années où Donatello a vécu près de Cosme de Médicis, parmi des chefs-d'œuvre choisis de l'antiquité. Les plus précieux de ces chefs-d'œuvre étaient, aux yeux des humanistes et des artistes du quinzième siècle, les plus petits : les pierres gravées. Un Cosme de Médicis, un Niccolò Niccoli, un Donatello avaient l'intuition de trouver dans ces gemmes ce qu'ils ne voyaient pas dans les marbres romains : une pure parcelle

1. Le paiement de 47 florins, que la banque des Médicis fit à Donatello en 1426 pour des ouvrages de marbre, doit se rapporter à ce tombeau.

d'art grec, enclose au creux de la gravure, comme
un parfum immortel dans une goutte d'essence.

C'est d'après l'une de ces gemmes des Médicis
que Donatello a composé le cortège d'Eros dont
il a fait passer les silhouettes délicates sur la
visière du grand casque ailé : sans doute cette
gemme provenait-elle des collections de cet origi-
nal de Niccolò Niccoli, qui, à sa mort, en 1437,
passèrent, avec sa bibliothèque, aux mains de
Cosme de Médicis. Un buste de jeune homme en
bronze qui se trouve au Musée du Bargello, et qui
ressemble de près au *David,* pour l'accent du
modelé et le travail du métal, porte suspendu au
col par un ruban un camée sur lequel un Amour
conduit un bige. Ce buste est une œuvre incon-
testable de Donatello.

La cour du palais de Cosme a été parée comme
le buste du *Florentin au camée :* les huit médaillons de marbre encastrés dans les écoinçons des
arcades et qui ont la grandeur d'un bouclier, sont
d'exactes copies en bas-relief des intailles les plus
fameuses de l'ancienne collection médicéenne,
dont quelques-unes se retrouvent au Musée des
Offices et au Musée de Naples : le *Triomphe de
Bacchus et d'Ariane,* l'*Enlèvement du Palladium,
Ulysse et Pallas.* Il manque à la série cette corna-
line, avec le groupe d'*Apollon et Marsyas,* pour
laquelle Cosme fit ciseler et émailler une mon-
ture en forme de dragon par Ghiberti, prince des

orfèvres. Vasari assure que les huit « tondi » du palais Médicis ont été sculptés par Donatello. Le travail du relief, monotone et sec, rappelle certains des reliefs de la tribune de Prato, exécutés par des aides; mais il est douteux que le maître ait donné lui-même les modèles de ces copies agrandies. La construction du palais de Cosme n'a été commencée qu'en 1444, si l'on en croit un témoignage florentin du commencement du seizième siècle. Alors Donatello avait quitté Florence et devait rester dix ans loin de sa patrie. S'il a eu quelque part aux *tondi,* ce ne put être qu'après son retour, vers 1455. Mais il est facile d'admettre que Michelozzo, architecte du palais, ait présidé à cette décoration quelque peu pédantesque, qui a certainement satisfait le goût des grands Médicis, en même temps que leur orgueil de collectionneurs.

D'autres amateurs florentins commandèrent à Donatello des bronzes imités ou inspirés de l'antique, pour les cours ou les appartements de leurs palais. Vasari a vu chez Giovambattista Doni une petite statue de Donatello, qu'il appelle un *Mercure* : c'est l'enfant ailé qui se trouve au Musée du Bargello, près du *David* des Médicis. Les deux bronzes sont du même temps. L'enfant, musclé comme un petit Hercule, danse avec le large rire d'un *putto* de la *Cantoria*. Ses petites sandales, auxquelles le sculpteur a fixé des ailes minuscules,

foulent des serpents qui rappellent ceux du cadu-
cée. Le costume est, comme le dit Vasari, « de
façon fort bizarre » : c'est une simple culotte, suspendue à une ceinture de cuir, et qui laisse à nu ce
qu'il est d'usage de cacher tout d'abord. En vérité,
ce costume était commun, pour les yeux des Florentins du quinzième siècle : l'enfant porte les
chausses d'un petit paysan du *contado,* sans fond,
ni devant. Donatello a donné à l'Amour un costume populaire, avec la chemise en moins; mais il
n'a pas trouvé seul l'idée de le culotter. L'Amour,
qui avait pris dans l'art antique les déguisements
les plus imprévus, a passé quelquefois les sara-
balles phrygiennes du dieu efféminé qui est associé au culte de la Grande Déesse. L'enfant de Donatello est un Eros-Atys, qui a, non seulement
le costume, mais la pose dansante d'un bronze
du Louvre [1], dont une variante se trouve à Autun [2].
Le sculpteur a encore compliqué cet hybride en
ajoutant à ses pieds les attributs de Mercure. Il a
fait ainsi du bronze des Doni un vrai *putto* d'érudit
et de collectionneur. Malgré le souvenir toujours
présent de la nature vivante, malgré la grosse
ceinture de cuir et les chausses de paysan, ce

1. LONGPÉRIER, *Notice des bronzes antiques,* n° 445; Cla-
rac, n° 6641 I; S. REINACH, *Répertoire,* I, p. 184, 1. Autre
exemple, moins connu, sur un sarcophage de Girone, en Cata-
logne.

2. REINACH, *Répertoire,* II, p. 471, 12.

bronze, très soigneusement fini, est plus froid et plus dur que le *David* [1].

Dans la période de sa vie où Donatello travaillait ainsi d'après l'antique pour des amateurs savants, il exécuta une statue colossale de pierre qui fut placée au milieu de Florence, sur la place la plus populeuse, et qui devint populaire. C'est la *Dovizia* du Mercato Vecchio, une figure de l'Abondance qui régnait sous le gouvernement de Cosme, Père de la Patrie. La colonne antique qui lui servit de piédestal avait été érigée en 1431 au coin de la rue de Calimala. La statue elle-même dut être mise en place peu après. Elle est mentionnée dans une scène très curieuse d'une *sacra rappresentazione* du quinzième siècle, où figure Donatello en personne. Il est mandé, comme le meilleur sculpteur de son temps, par le roi Nabuchodonozor, qui veut faire exécuter sa propre statue en or. Le sculpteur s'excuse sur tout le travail dont il se trouve chargé :

« J'ai à faire le *pergamo* de Prato. »

Et comme le sénéchal insiste, au nom du roi :

« Et j'ai à faire la *Dovizia* du Marché,
Qui devra être mise sur la colonne. »

Ce « mystère » florentin semble parler de choses

---

1. Un autre enfant de bronze, un Amour aux ailes largement ouvertes qui tient sur ses épaules un poisson, la gueule béante pour laisser couler de l'eau dans le vasque d'une fontaine a l'air d'être descendu de la *Cantoria*. Il est à Londres.

tout à fait contemporaines. S'il met ensemble le
*pergamo* et la *Dovizia,* c'est sans doute que la statue du Mercato Vecchio doit être du même temps
que les *putti* de la tribune de Prato et de la *Cantoria* de Florence.

La statue fameuse tomba en 1741 et fut mise en
pièces. Une image de la *Dovizia* a été retrouvée
par M. Brockhaus sur un plan de Florence gravé
vers 1474, au temps de Laurent de Médicis. La
silhouette, minuscule et sommaire, indique une
corbeille sur la tête de la femme. Francesco Bocchi,
qui fut, dans la seconde moitié du seizième siècle,
un grand admirateur de Donatello, nous apprend
que la corbeille de la *Dovizia* était pleine de fleurs,
et que la statue avait le genou nu. Il ajoute que la
pose était charmante *(vaghissima).* Cette description s'applique avec une exactitude singulière à
une statuette émaillée de l'atelier des della Robbia
qui se trouve à la Casa Buonarroti. Le modeleur
a certainement imité la géante du Marché-Vieux;
mais sa figurine fait penser à Clodion plutôt qu'à
Donatello[1].

1. *Le Bellezze della Città di Fiorenza,* 1591.

2. Photog. dans le grand recueil de la sculpture toscane,
publié par M. Bode, sous le nom de « Pomone » (pl. 287). On ne
peut chercher aucun souvenir de la *Dovizia* dans une statuette
de bronze, qui appartient au Musée de Berlin : une femme nue
et ailée, tenant une corne d'abondance et qui semble danser sur
une coquille, comme les *putti* de Sienne (BODE, *Ital. bronze-
statuetten,* pl. V).

# CHAPITRE XI

LA PREMIÈRE CHAPELLE FUNÉRAIRE DES
MÉDICIS

IL semble que Donatello ait été accaparé, aussitôt après l'achèvement de la *Cantoria,* par son puissant ami. C'est en vain que la Fabrique de la cathédrale lui commanda en 1437 deux portes de bronze qui devaient être placées à l'entrée de la sacristie : ce travail fut négligé par Donatello, et la Fabrique le lui enleva en 1441, pour le donner un peu plus tard à Luca della Robbia. S'il renonça aux 1 900 florins promis par la cathédrale, c'est très probablement qu'il se trouvait dès lors retenu dans l'église de San Lorenzo, le monument de Brunellesco qui était la paroisse des Médicis et le lieu de leur sépulture. Il commença dans cette église un ensemble de décorations qui se trouva interrompu par son voyage à Padoue, et auquel il devait se consacrer, après son retour, jusqu'à sa mort.

9

A côté de l'abside de San Lorenzo, Brunellesco
avait jeté vers 1421 les fondements d'une chapelle
dont la coupole devait abriter les tombeaux des
Médicis. Le gros œuvre était presque achevé
lorsque Giovanni, le père de Cosme, mourut en
1429. Son corps fut déposé au milieu de la chapelle, dans un sarcophage très simple, obscuré-
ment placé sous une large table de marbre, car la
chapelle funéraire devait servir de sacristie. Ce
sarcophage a été probablement dessiné par Donatello. Les deux Amours assis qui soutiennent l'épitaphe ont la pose de ceux qui portent l'épitaphe du
pape détrôné, dans le baptistère; un demi-bloc de
marbre blanc acheté par Donatello en 1434, *ad
usum sepulturæ,* a pu être employé à ce tombeau; mais le travail du marbre, arrondi et poli à
l'excès, est d'un praticien secondaire, peut-être
Buggiano, pupille de Brunellesco.

Donatello appliqua tout l'effort de son imagination et de sa main à l'ornement de l'édifice lui-
même. Antonio Manetti rapporte que le sculpteur
voulut dessiner à sa guise les chambranles mêmes
des petites portes, pour lesquelles il devait faire
des vantaux de bronze : Brunellesco se serait
montré assez mécontent d'une collaboration qu'il
n'avait pas sollicitée de son ami. Comme Brunellesco meurt en 1446, et que Donatello quitte
Florence en 1444, c'est avant cette dernière année
qu'il convient de placer le plus grande partie des

travaux exécutés par le sculpteur dans la chapelle des Médicis.

Jamais il n'avait eu à composer un ensemble aussi étendu : il ne s'agissait plus d'un tombeau, comme ceux qu'il avait exécutés en collaboration avec Michelozzo, mais de tout un monument religieux et funéraire. Donatello, qui avait donné à l'architecture et aux reliefs de sa *Cantoria* de la cathédrale une si exubérante richesse, respecta, dans la chapelle des Médicis, la nudité d'une architecture de demi-deuil. Les bas-reliefs se laissent enfermer entre les larges lignes grises qui coupent les murs blancs. L'entablement qui repose sur les pilastres d'angle porte une longue série de médaillons de terre-cuite, qui se suivent à la file tout autour de la chapelle, et dont chacun est une tête de chérubin. Au-dessus de l'entrée des deux petites sacristies sont encastrés deux bas-reliefs de terre cuite, qui réunissent, dans leur encadrement cintré, deux couples d'hommes : d'un côté le diacre saint Laurent, patron de l'église des Médicis, et son inséparable compagnon, le diacre saint Étienne ; de l'autre les deux saints Cosme et Damien, les saints médecins, patrons de cette famille de commerçants élevés à la dignité de banquiers, qui continuaient d'appartenir à l'Art des médecins et apothicaires, et qui gardent dans l'histoire leur vieux surnom de *Medici*. Les portes mêmes des deux sacristies ont des vantaux de

bronze à dix compartiments, dont chacun sert de
cadre à un groupe de deux hommes : apôtres,
martyrs, docteurs. Le haut de la chapelle n'a pour
décoration que huit grands médaillons ou *tondi* :
quatre d'entre eux, placés comme des œils-de-
bœuf sous les cercles décrits par les pendentifs
de la coupole, représentent les évangélistes assis ;
quatre autres sont logés dans les triangles mêmes
des pendentifs : ils représentent des scènes de la
vie et des visions de saint Jean l'Évangéliste, le
patron du Médicis qui avait fondé cette chapelle
pour son repos et celui des siens.

La Renaissance triomphe dans ce lieu sévère
d'où la sculpture a banni les peintures qui revê-
taient les voûtes à nervures du moyen âge.

L'ensemble est d'une discrétion toute florentine ;
il faut bien regarder ces bas-reliefs, dont aucun
n'attire les yeux, pour voir frémir en eux une vie in-
tense et profonde. Quelques-uns des contrastes les
plus violents que puisse offrir à un artiste le spectacle de l'humanité se trouvent opposés ici. En bas,
les chérubins, têtes joufflues et rieuses, comme les
faces des enfants de la *Cantoria,* mais plus frêles,
et blotties dans la plume de leurs ailes ébou-
riffées ; en haut, les évangélistes, géants pensifs et
moroses, assis dans des fauteuils à l'antique, devant des tables énormes, pareilles à des autels
païens, et sur lesquelles se jouent des Amours.
A droite de l'autel, voici les deux diacres, floris-

sants et fiers, et plus semblables au *saint Georges*
qu'au jeune évêque saint Louis; à gauche, les
deux saints médecins, vieux *togati* à mine de paysans, qui respirent une force farouche. Donatello
a modelé pour la chapelle des Médicis un autre
saint Laurent, un buste de grandeur naturelle, en
terre-cuite, qui a été placé sur l'autel : le diacre
est une figure jeune et pure, toute rayonnante de
la paix qui est le partage des simples. Cette terre-
cuite est le premier buste d'un saint qui ne soit
pas un reliquaire, comme le *saint Rossore* de
cuivre, dont Donatello avait donné le modèle
une vingtaine d'années plus tôt. La tradition des
bustes portraits, perdue depuis l'antiquité, avait
été retrouvée par les sculpteurs campaniens et apu-
liens de l'empereur Frédéric II et s'était de nouveau perdue. C'est encore Donatello qui retrouve
et ranime cette forme tronquée de la statue.

Le buste célèbre du Musée du Bargello, qui ne
sort pas d'une église, et au bas duquel a été peint à
une époque assez récente le nom de Niccola da
Uzzano, doit être contemporain, ou à peu près, du
saint Laurent. Il est, lui aussi, en terre-cuite et ressemble étroitement au bas-relief des saints médecins, pour l'accent des traits ravagés et de la draperie plaquée par méplats. Il est très douteux que
ce buste représente effectivement le loyal adversaire de Giovanni de Médicis, « *uomo di dolce con-
dizione e di grossa pasta,* » qui mourut en 1433, à

soixante-quinze ans. Le buste a appartenu à la famille Capponi; peut-être faut-il y voir l'effigie d'un ancêtre illustre, le gonfalonier Gino, chroniqueur du *Tumulto dei Ciompi*. C'est à coup sûr un portrait, et sans doute un portrait après décès. Il y a contradiction entre la vie de cet homme, trop brutalement « extériorisée » aujourd'hui par un barbouillage à l'huile, et la rigidité presque cadavérique des plis musculaires autour des yeux enfoncés et dans les joues creusées. Le sculpteur a pu se servir d'un de ces masques qu'il était d'usage de mouler sur le visage des morts [1]; mais il a rendu la force et l'intelligence au tribun inconnu, qui nous regarde en face et qui va parler. Pour l'attitude et pour le regard, ce buste est le prototype du *Brutus* de Michel Ange; pour l'expression et pour l'exécution, il semble appartenir au temps et à la race des figures viriles qui veillent sur la chapelle des Médicis.

A celles-ci Donatello a donné la parole, et plus audacieusement qu'il ne pouvait le faire en sculptant une statue ou un buste isolé. Il a réuni ces hommes de terre ou de bronze, pour la plupart,

---

[1]. Le buste de bronze d'une vieille femme aux yeux fermés, qui se trouve également au Musée national, a pour face un moulage après décès, dont la cire est restée presque sans retouche. Je ne sais comment on a pu songer à mettre le nom de Donatello au bas de ce buste, qui ne doit sa majesté grave et douce qu'à la mort.

deux à deux, dans des colloques. Les animaux
mêmes des évangélistes, qui portent le livre et
s'associent au travail ou à la méditation de leurs
maîtres, semblent leur parler.

L'idée de faire dialoguer deux à deux des personnages sacrés, et en particulier les apôtres, est
presque aussi ancienne que l'art chrétien : elle
s'est conservée dans cet art, par l'effet d'une tradition, dont il est malaisé de suivre le fil. Des
mosaïques de Santa Prisca, près de Capoue, qui
ont été détruites au dix-septième siècle, et qui
remontaient au cinquième, il faut descendre jusqu'à l'époque romane et gothique, où les dialogues
des apôtres ont été sculptés au portail bourguignon
de l'abbatiale de Vézelay, au portail non moins
bourguignon de San Vicente d'Avila, dans le
chœur des cathédrales de Bâle et de Bamberg, et
jusque dans les petits quatrefeuilles de la cathédrale de Lyon.

Si Donatello a trouvé le modèle de ces dialogues
dans quelque monument de l'ancien art chrétien,
il a mis aux prises des forces qu'il n'appartenait
qu'à lui de déchaîner. Les deux jeunes diacres,
sur le bas-relief de terre-cuite, ont seuls le calme
des élus; déjà ils le perdent lorsqu'ils reparaissent
sur la porte de bronze. Les autres sont jetés dans
la tempête de la vie. Ces groupes, réunis sur les
portes pour parler de Dieu, forment un concile, où
les docteurs, en discutant, prennent des allures

d'hérésiarques. Quelques-uns s'attaquent de front, armés de la plume et du livre. Un évêque poursuit un moine, qui a l'air de se rendre. D'autres semblent tourner en cage. Un penseur, qui écoute une objection, s'appuie avec une force désespérée à l'encadrement, comme un Socrate au mur de sa prison. Parfois le vide se creuse, entre deux interlocuteurs, pareil à un silence menaçant (Pl. 14).

Quel contraste entre cette agitation qui échappe à toute loi, et l'ordonnance régulière des groupes de docteurs que Luca della Robbia a réunis sur les portes d'une sacristie de la cathédrale, — celles que Donatello avait renoncé à faire, peut-être pour travailler aux portes de San Lorenzo! Les dialogues de Donatello ne sont pas ceux d'une tragédie classique, dont les périodes pourraient s'accompagner des gestes arrondis et des draperies pondérées d'un Ghiberti. Il faut admirer les portes de San Lorenzo comme le théâtre d'une âme dramatique, qui a été l'égale des poètes les plus profonds et les plus libres. Un critique allemand a pensé, devant le bas-relief des deux saints médecins, à une scène de Brutus et de Cassius, dans le drame de *Jules César*. Et en effet, pour traduire ce que disent les portes de San Lorenzo, il faudrait un Shakespeare.

Aucun décor n'accompagne les dialogues : la pensée suffit à remplir le cadre où elle se meut. Mais lorsque Donatello travaille pour les hauteurs

APÔTRES ET DOCTEURS.

Détails d'une porte de bronze.

Florence. San Lorenzo. Première chapelle des Médicis.

où il veut placer les scènes de la vie de saint Jean,
il reconstitue autour des hommes la nature et l'espace lumineux. Les silhouettes humaines arrivent
à se perdre dans l'architecture, sommaire et vue de
loin. La perspective est dessinée pour le spectateur placé au milieu de la chapelle, et devient
presque « plafonnante ». Il arrive que des figures
soient coupées par le cadre, comme pour montrer
que l'espace animé s'étend au delà de ce que notre
œil peut embrasser. Dans la scène de la cuve
d'huile bouillante, c'est à peine si les têtes des personnages les moins éloignés émergent au bas
du *tondo*. Le sculpteur a voulu nous faire voir le
martyre de saint Jean, sur le pendentif de Brunellesco, comme une scène réelle à travers une lucarne
ronde. Dans le tableau qui montre l'ascension de
saint, la scène est vue de bas en haut : *disotto in sù,*
dit Vasari ; l'horizon est supposé au-dessous du
*tondo,* et l'artiste a eu l'audace, unique avant le
siècle des grands plafonds vénitiens, de faire pyra-
mider les lignes verticales des architectures [1].

L'étonnant « impressionisme » de ces tableaux
est accentué, comme la force dramatique des dialogues de la porte, par une exécution qui dépasse
en violence et en rapidité tout ce que Donatello
avait encore osé. Il est instructif de comparer les
portes de San Lorenzo avec le *David* de bronze,

---

[1]. Exactement comme dans une photographie pour laquelle
on a « levé » l'objectif.

pièce de collection qui était un ouvrage d'orfèvre.
Maintenant Donatello a jeté en bronze ses esquisses de cire et les a laissées presque sans
retouche, encore toutes frémissantes du contact
de ses doigts. Le reste de la décoration, y compris
le buste de saint Laurent, est composé de stucs et
de terres-cuites, c'est-à-dire d'autres esquisses qui
n'ont pas même passé par la fonte. Ce sont des
improvisations, où nous retrouvons la boulette
écrasée au pouce et le coup d'ébauchoir. Le seul
détail qui soit en marbre, dans la décoration de la
chapelle, telle que l'a conçue Donatello [1], est la
clôture du chœur, pour laquelle le maître a donné
au plus un dessin. Désormais il renonce, pour la
statue ou le bas-relief, au marbre, qui n'était
qu'une traduction. L'ardeur du maître, plus impa-
tiente avec l'âge, demande des moyens d'expression plus directs et plus prompts. Vers 1440, à cin-
quante ans passés, Donatello ne veut plus être
qu'un modeleur de terre à passer au feu ou de cire
pour le bronze. Il reste un modeleur infatigable.

---

1. Donatello n'a eu aucune part au lavabo de marbre qui est
l'un des plus précieux ornements de la chapelle des Médicis
(Voir M. REYMOND, *Verrocchio,* dans la collection des *Maîtres
de l'art,* p. 35, et pl. p. 9; ainsi que l'article de MACKOWSKY,
dans le *Jahrbuch des K. Preuss. Kunstsammlungen,* t. XVII).

# CHAPITRE XII

**L**ES œuvres de bronze les plus grandes, les plus riches et les plus fortes dont Donatello ait donné les modèles dans la plénitude de son génie mûri par les années ne sont pas à Florence. En 1444 le sculpteur de Cosme de Médicis fut appelé à Padoue, pour un travail qui devait l'occuper peu de mois : il resta dix ans éloigné de Florence, où il venait de louer une maison en 1443, près de la cathédrale, dans le quartier de San Michele Bisdomini. La ville opulente et savante qui le retint fut pour lui un milieu nouveau, et l'artiste s'y renouvela une fois de plus.

Il avait été précédé, à Padoue, comme à Rome lors du voyage de 1432, par un de ses disciples. C'est un certain Giovanni Nani, auquel on a pu attribuer les reliefs de la porte des Eremitani, sur laquelle est gravée la date de 1443. La Fabrique de

la gigantesque église de Saint-Antoine s'occupait
alors de faire clôturer le chœur et décorer le sanctuaire du monument vers lequel ne cessaient d'af-
fluer les pélerins et leurs dons. Giovanni Nani fut
chargé d'élever la clôture de marbre; il fut aidé,
comme l'a bien vu M. Venturi, par les conseils et
les croquis de son maître. La polychromie de l'architecture, dans les parties anciennes du magnifique mur de marbre de couleur, incrusté de
bronzes dorés, est toute « donatellesque ». Donatello a dû se divertir à modeler en cire de sa
main plus d'un des petits chérubins de bronze,
dont les têtes ailées ont parfois la vie souriante de
celles qui animent la frise de la chapelle des Médicis. Au maître lui-même la Fabrique commanda un
grand crucifix de bronze, qui devait être placé sur
le maître-autel, et dont Nani sculpta le socle de
marbre.

Donatello reçut des fers pour l'armature de son
modèle. Comme il travaillait à la statue du crucifié,
la plus sacrée de toutes les images saintes, il dut
tourner brusquement ses pensées vers un monument d'orgueil humain.

Quelques mois avant son arrivée à Padoue, était
mort l'un des plus fameux *condottieri* de la République de Venise, Erasmo de Narni, surnommé
Gattamelata. Il s'était retiré dans la ville savante,
vaincu par la maladie, après la dernière campagne
qu'il avait menée, à soixante-dix ans. Son fils, en-

richi par les victoires paternelles et devenu, à son
tour, général en chef des troupes vénitiennes, pro-
fita du séjour de Donatello pour faire élever à
Gattamelata une statue équestre, dont la famille
fit les frais : le dernier paiement fut soldé en 1453,
quelques jours après l'inauguration du monument.
Venise n'avait donné que l'autorisation d'ériger la
statue sur la place la plus illustre et la plus lumi-
neuse de Padoue, celle du *Santo*.

Le cavalier de bronze, élevé sur un socle de
marbre épais, se découpe de loin en plein ciel, au
sommet d'une véritable tour de plan ovale, à deux
étages. L'étage supérieur portait deux bas-reliefs,
qui ont été rongés par le temps et que remplacent
des copies. Ce sont des adolescents nus, qui
portent l'écusson du condottiere ou ses armes de
guerre, avec le maintien des génies funéraires. Le
bas de la tour n'a pour ornement que deux portes
aux vantaux fermés, sculptées dans la pierre, et
pareilles à celles qui, sur les sarcophages et les
urnes antiques, figurent les portes du tombeau.
Pourtant le corps de Gattamelata n'est pas là, sous
l'énorme piédestal. Le condottiere repose, au milieu de sa famille, dans une chapelle de l'église
voisine. Mais Donatello a rappelé dans la tour sé-
pulcrale le souvenir des monuments équestres qui
avaient été élevés à Vérone, à Venise, à Milan, sur
des sarcophages de princes et de capitaines.

Avant le *Gattamelata,* les *Scaliger* de Vérone, sur

leurs chevaux caparaçonnés, avaient pris possession d'une place en plein soleil, où le vent faisait
trembler leurs cimiers aux ailes de fer. Ces cheva-
liers formidables et ces destriers immobiles rappelaient le roi de France que l'on voyait jadis en selle
dans un bas côté de Notre-Dame de Paris, bien
plutôt que les chevaux antiques dont le bronze
verdi était entouré d'un floraison de légendes.

En Toscane, où les petites républiques ne connaissaient pas les tombeaux princiers, l'effigie
équestre devient, dès que l'esprit humaniste a
répandu l'ambition de la gloire, le monument triomphal que les villes consacrent à la mémoire des
capitaines qui sont venus des pays du Nord se
mettre à leur service. Mais on se contente, ou
d'une statue éphémère, comme celle que Jacopo
della Quercia, encore adolescent, fut chargé de
dresser en bois, étoupe et plâtre dans la cathédrale
de Sienne, ou bien de simples portraits peints à
fresque, dont le premier avait été, à Sienne même,
le Guidoreccio de Foligno, qui chevauche, peint
par Simone Martini, sur un mur du palais public.
Florence, un siècle plus tard, ouvre sa cathédrale
de Santa Maria del Fiore au portrait équestre d'un
chef de bandes écossais : Paolo Uccello en fait une
statue en peinture, où la « terre verte » veut jouer
le métal patiné.

C'est dans l'Italie du Nord que les premières
statues équestres de bronze furent érigées sur

leurs piédestaux. A peine Donatello était-il arrivé
à Padoue que son ami Leone Battista Alberti fut
appelé à Ferrare par Lionello d'Este, pour prési-
der un concours dont le sujet était une statue
équestre de Nicolas d'Este, le prédécesseur du
prince régnant. Ce fut, pour le savant universel
qui cherchait en toute chose la théorie et la
science, l'occasion d'écrire un petit traité du cheval, où il est question de l'animal vivant, tel que
l'étudiera Léonard de Vinci, mais non de la statue.
Celle-ci fut commandée à un élève de Brunellesco,
Niccola Baroncelli, aidé d'un autre Florentin, Andrea di Cristoforo. Dorée par Michele Ongaro, elle
fut érigée le 2 juin 1451. Donatello avait été appelé
à Ferrare au mois de janvier, pour juger la statue
terminée, comme expert. Lui-même avait fait fondre
dès 1447 la statue équestre de Gattamelata. Il y
aurait intérêt à savoir s'il trouva le cheval exécuté
par l'élève de Brunellesco plus ou moins semblable
au cheval que lui-même terminait à Padoue. Mais
la statue équestre de Nicolas d'Este a été mise
en pièces dans une journée révolutionnaire de
1796.

Les maîtres vénitiens, sculpteurs, orfèvres et
peintres, qui furent réunis en 1453 par Donatello
et par le fils de Gattamelata, pour fixer contradic-
toirement le prix du travail, et qui l'estimèrent en
1 650 ducats d'or, rendirent hommage, dans leur
sentence, à « la grande science et invention, —

*gran magistero et inzegno* — qu'il avait fallu pour exécuter et fondre ledit cheval, avec son cavalier. » Si l'on veut juger des préparatifs que supposaient l'armature et le moule, on peut recourir aux gravures des deux magnifiques ouvrages que Boffrand et Mariette ont consacrés à la fonte de deux statues équestres : le Louis XIV de Girardon et le Louis XV de Bouchardon. Il est vrai que la fonte du cheval de Gattamelata fut exécutée en plusieurs pièces, avec des coulées successives *(piu zetti del cavallo)*, et non d'un jet, comme les bronzes de Cellini. Donatello ne présida pas lui-même à ces opérations. Il eut recours à un fondeur de cloches vénitien, comme autrefois à Michelozzo. Mais la seule exécution du modèle, avec son squelette de fer et la masse de l'argile qui devait former la chair du cheval et de l'homme, demandait une volonté et une puissance souveraines.

Les historiens modernes de Donatello ont admiré, comme Vasari, dans le monument de Gattamelata, « le gonflement et le frémissement du cheval » ; presque tous ont exagéré la part qu'il faut faire dans l'œuvre à l'imitation de l'antiquité. Donatello s'est souvenu des chevaux de bronze doré, que les Vénitiens avaient rapportés de Constantinople après la croisade de 1204, et dont le quadrige surmonte le porche de Saint-Marc. L'allure du cheval de Gattamelata est celle des chevaux de Venise, une sorte d' « amble rompu », où

deux jambes du même côté appuient sur le sol,
tandis que le cheval du Marc Aurèle de Rome
marche un pas relevé, avec appui diagonal. Mais
le mouvement du cheval de Padoue est plus lourd
que celui des chevaux de Venise, comme la masse
même de la bête. Donatello, en modelant son cheval, n'a accepté aucune des conventions antiques,
qui remontent aux chevaux du Parthénon ou plus
haut encore, et qui sont particulièrement marquées
dans la tête [1]. Après avoir indiqué sommairement
l'allure du cheval d'après l'antique, il a regardé la
nature vivante, comme il avait fait pour les nus d'enfants et d'hommes, et il a fait poser devant lui l'un
de ces fardiers sans vitesse sur lesquels Paolo
Uccello a juché ses hommes d'armes. Le cheval
de Gattamelata est un portrait. L'animal est robuste
et n'a aucune des tares que Verrocchio a données,
sans le savoir, au superbe cheval du Colleone, —
une avec dent de trop [2]. A peine peut-on noter,

1. Le caractère le plus apparent du cheval « antique » est un
bourrelet saillant au bord de la ganache, qui ne correspond à
rien dans l'anatomie réelle. Verrocchio a imité ce détail de l'an
tique en modelant le cheval du Colleone, qui porte une tête de
cheval grec sur un corps de destrier. Le bourrelet de la ganache
manque absolument dans la tête du cheval de Gattamelata,
étudiée d'après nature. Il reparaît dans la tête de cheval en
bronze qui est conservée au musée de Naples et encore attribuée
à Donatello sur la foi de Vasari. Cette tête, qui avait été envoyée
au comte napolitain Caraffa par Laurent de Médicis, est, comme
l'a bien vu M. Rolfs, un bronze antique.

2. Voir la très curieuse étude de M. le commandant Lefebvre

comme un signe de réalisme, le genou du cheval de Gattamelata, qui se creuse légèrement, lorsque le pied porte : « genou effacé », disent les cavaliers[1].

Donatello a compris comme Alberti[2] la beauté d'un groupe équestre ; la masse et la vigueur de la bête soumises à la volonté intelligente de l'homme. L'élan terrible du *Colleone* de Venise prend une violence déclamatoire, en face du *Gattamelata,* dans le calme de sa force (Pl. 15).

Ces *condottieri* de la République Sérénissime qui ont demandé la gloire aux humanistes et aux artistes, furent des calculateurs sans scrupules, pour qui le jeu de la guerre, coupé de trahisons, avait plus de profits que de périls. Les éloges funèbres prononcés à Padoue en l'honneur de Gattamelata par Quirini et Pontano eurent leur contre-partie : Rome prit la parole, dans une épître composée par un inconnu à la solde du duc de Milan, pour reprocher à Venise, — à qui le monument de Gattamelata n'avait rien coûté, — d'avoir donné l'im-

---

des Noëttes, *Verrocchio et l'anatomie du cheval (Revue de l'art ancien et moderne*, t. XXVI, 1909).

1. Je suis redevable de ces observations hippologiques à M. le commandant Lefebvre des Noëttes.

2. « Gratum aspectu animans, in quo admirere tantas adesse et corporis robur et animi vires conjunctas incredibili quadam mansuetudine, tamque concitatis in pectoribus tam placidum docileque considere ingenium » (L. B. ALBERTI, *De equo animante*).

MONUMENT ÉQUESTRE DU CONDOTTIERE GATTAMELATA.

Bronze. Piédestal en pierre.
Padoue.

mortalité de l'airain à un lâche [1]. Donatello n'a pas
connu Gattamelata ; il a composé, d'après les documents qu'ont pu lui donner les héritiers, peut-être
d'après un masque mortuaire, un portrait qui dépasse de loin l'homme et son surnom. Il a laissé le
« chat mielleux » sur le casque dont il forme le ci-
mier, à la façon des dogues des Scaliger, et que les
génies funéraires portent sur le piédestal : du cavalier le sculpteur a fait l'image accomplie du stratège.

C'est le *saint Georges* de sa jeunesse, vieilli,
mûri et passé du côté des puissants. Le condottiere est revêtu de son armure de parade, battue
sans doute à Milan, et à laquelle le sculpteur
a ajouté les lambrequins d'une cuirasse à l'antique ; son grand estoc à deux mains est couché
au fourreau, le long de la selle [2] ; mais ses jambarts,
ornés de formidables éperons, s'arrêtent aux pieds,
qui sont nus dans des sandales, comme ceux d'un

---

1.     Hoc ego non Curiis sanctis, magnisque Camillis,
         Hoc non Scipiadæ dederam, certoque Catoni ;
         At tu nescio quem *Mellatam* nomine *Gattam*
         Insigni et facto donasti ex ære caballo,
         Præmia magna fugæ subitæ, rerumque tuarum
         Discrimen dubium, Patavinæ dedecus urbis ;
         Quo fugit infelix statua mostratur ahena.
                    *(Urbis Romæ ad Venetias Epistola.)*

2. L'estoc de Gattamelata a, comme l'a remarqué le comte
Grävenitz, les proportions de deux épées de doges conservées à
l'Arsenal de Venise : celle de Francesco Foscari et de Cristoforo
Moro.

consul de Rome. La tête aussi est nue : tête militaire, où tout est rude et brusque. Le front, sans
ride, malgré le froncement des sourcils, est le clair
foyer des pensées simples qui conviennent à
l'homme de guerre. Le regard, sans pupilles, et froid
comme une lame, suit à l'horizon les fumées du
combat. Le cavalier domine de loin, aussi bien que
de près, les forces brutales, par le mouvement im-
perceptible de ses mains, l'une tenant les rênes du
monstrueux cheval, l'autre le bâton de commande-
ment [1].

Ce groupe, vrai bronze de ronde bosse, comme le
petit *David,* a été fait pour être vu de tous côtés et
de loin, dans une lumière qui ne respecte que les
silhouettes ; pourtant l'artiste a modelé de près,
comme pour lui seul, les détails de l'armement et du
harnachement, invisibles à la foule. Sur le plastron
de la cuirasse, entre les épaulières, une tête ailée
de Méduse accompagne de son regard cruel le
regard du capitaine : c'est une imitation libre de
quelque camée des Médicis, analogue à la *Tazza
Farnese* de Naples [2]. Sur les arçons et le trousse-

1. Donatello n'a pas copié littéralement le bâton de com-
mandement que Gattamelata avait reçu de la République de
Venise en 1436 et qui été légué par le condottiere au trésor du
*Santo,* où il est encore : c'est une sorte de masse d'armes en
argent doré, dont la pomme est ornée de filigranes vénitiens et
de turquoises.

2. La *Tazza* fameuse n'est entrée dans les collections médicéennes qu'en 1471, après la mort de Donatello.

quin de la selle se jouent des Amours, aussi ronds
et fins que ceux qui enguirlandent de leurs petits
corps le chapiteau de bronze de Prato. L'orfèvre a
paré de ses joyaux les plus délicats l'œuvre la plus
colossale du sculpteur.

# CHAPITRE XIII

---

ONATELLO avait à peine pu s'attaquer au modèle du cheval et du cavalier, lorsqu'il eut à exécuter, pour la basilique de Saint-Antoine, un monument religieux qui devait dépasser en grandeur et en solennité le monument équestre du parvis. Un marchand de laines, Francesco de Tergola, laissait en 1446 un legs considérable pour la construction et la décoration du maître-autel du Santo. Donatello se mit à l'œuvre, passant du cheval à l'autel, comme il avait passé du crucifix au cheval. Pour mener de front tant et de si lourdes besognes, il fit appel une fois de plus à des collaborateurs : sculpteurs et fondeurs vinrent par escouades, de la Toscane et de la Vénétie ; ils furent spécialement occupés à l'autel. Les paiements échelonnés de 1446 à 1449 montrent que l'ouvrage avança avec une rapidité extraordinaire. Le 13 juin 1448,

la fabrique organisa, pour la fête du saint, une sorte d'exposition de la *pala* ou *anchona,* en faisant monter sur un bâti de bois les bronzes déjà fondus, et qu'il ne restait plus qu'à ciseler et à dorer. C'est à peine si deux ou trois pièces manquaient encore. L'autel terminé comprit une trentaine d'œuvres de Donatello et de son atelier. D'abord de nombreux bas-reliefs : douze figures ou groupes d'enfants musiciens; un Christ mort entre deux petits anges pleurants; les quatre symboles des évangélistes; quatre scènes, qui représentaient les plus fameux miracles de saint Antoine et qui comprenaient des centaines de personnages; une Mise au tombeau en pierre, destinée à être placée derrière l'autel. Six statues de saints, en bronze, debout sur l'autel, faisaient cortège à la Vierge, placée sous un tabernacle de marbre, où était sculpté un Dieu le Père.

Cette masse de bronzes dorés s'élevait au fond du sanctuaire, dont la décoration fut achevée peu de temps après la mort de Donatello. Des grilles aux armes des Gattamelata fermaient les entrecolonnements du déambulatoire par lequel se terminait la grande église à coupoles byzantines. Devant l'autel, quatre-vingt-dix stalles de bois décoré d'incrustations étaient adossées aux clôtures de marbre sculptées dès l'arrivée de Donatello à Padoue par Giovanni Nani. Tout cet ensemble apparaissait à travers la porte triomphale de la clôture de marbre,

surmontée du crucifix de Donatello, qui n'avait
plus sa place sur l'autel chargé de reliefs et de statues. Ce sanctuaire fut la merveille de la première
Renaissance. Seul Michel-Ange devait concevoir,
dans le tombeau de Jules II, un ensemble plus
solennel que l'autel du *Santo;* mais le tombeau du
pape resta inachevé, tandis que Donatello vit son
œuvre terminée à Padoue. Elle ne dura qu'un
siècle telle que le maître l'avait laissée. Michel-
Ange était mort depuis douze ans à peine lorsque
la Fabrique du Santo délibéra, le 24 juillet 1576,
de remplacer l'autel de Donatello par un monument majestueux et colossal, *maestoso ed eccelso.*
Les exécuteurs étaient tout prêts : Girolamo Cam-
pagna et Cesare Franco. L'*altarone* bâti par eux
fut transformé encore et agrandi en 1688. Les
bronzes de Donatello y furent perdus et ses statues montées à la hauteur d'un troisième étage;
quant au crucifix, il était relégué dans une chapelle obscure depuis 1590. Pour ramener l'attention sur les œuvres de Donatello, oubliées au milieu
du fatras baroque, il fallut les publications de Glo-
ria, tirées des archives du *Santo;* mais les bronzes
ne furent dégagés de l'*altarone* que pour s'entas-
ser dans une dépendance de l'église, sous la
poussière et les toiles d'araignée. Enfin la reconstitution de l'autel fut décidée et confiée à l'illustre
architecte Camillo Boïto. Le monument fut inauguré en 1895, pour le septième centenaire de saint

Antoine de Padoue, plus puissant à la fin du dix-
neuvième siècle qu'il ne l'avait jamais été. La
reconstitution présentée par Boïto a le mérite de
réunir les bronzes de Donatello dans l'atmosphère
parfumée d'encens pour laquelle ils ont été faits.
Elle est d'ailleurs pleine de contre-sens. Des « res-
titutions » beaucoup plus satisfaisantes ont été données sur le papier; mais le seul document qui indique les dispositions primitives de l'autel est une
description laconique donnée, au commencement
du seizième siècle, par l'amateur vénitien Michiel.
Elle reste très insuffisante : tant qu'on n'aura pas
retrouvé un croquis du même siècle qui donne le
placement des morceaux, c'est à peine si l'on peut
sans risques d'erreur grouper des reliefs ou deux
statues deux à deux en pendant. Pour l'architecture, dont on a retrouvé quelques morceaux de
pilastres, portant des figurines d'Amours, on pourrait en esquisser les grandes lignes, d'après les
retables peints par Mantegna et par les Vénitiens,
qui se sont souvenus de l'autel de Santo, avec son
retable sans pareil de reliefs et de statues. Ces
statues devaient être placées en arrière des
colonnes d'un portique, dont le couronnement
était sans doute un fronton courbe, comme celui
du retable de l'*Annonciation* à Santa Croce. Les
bas-reliefs des miracles qui formaient prédelle
devaient être placés, comme l'indique Michiel,
immédiatement au-dessous de ces statues; les sym-

boles des évangélistes, aux angles de la prédelle. Pour les enfants musiciens, on ne trouve aucune place satisfaisante. Et en vérité les croquis que pourront proposer architectes et archéologues ne retrouveront jamais les inventions de Donatello, qui furent ici, comme partout, étonnantes et imprévues.

Force est donc, pour étudier l'œuvre, de séparer par la pensée les morceaux qui se trouvent réunis tant bien que mal, et de reformer des groupes, en dehors de toute ordonnance d'architecture.

Un premier groupe est celui des douze bas-reliefs d'enfants, auxquels se rattachent naturellement les deux anges enfants pleurant le Christ mort et peuvent s'ajouter les quatre symboles des évangélistes. Les enfants de l'autel de Padoue apparaissent, un par un ou deux par deux, dans des encadrements pareils à des portes étroites. Ces reliefs, assez petits, ont été popularisés par le moulage et sont aujourd'hui partout. Les mouvements des petits musiciens, pour la plupart vifs et spontanés, ont été certainement indiqués par des croquis ou des esquisses du maître. Les enfants de Padoue sont plus jeunes que ceux de la *Cantoria* de Florence; ils reviennent à l'âge des enfants de Prato, par un de ces retours faits pour déconcerter ceux qui essaient de suivre pas à pas Donatello dans son œuvre. Ils sont moins pétulants que les danseurs de marbre : la folie des bacchanales n'en-

traîne guère que deux des musiciens : celui qui
arrive en gambadant et en frappant ses cymbales,
et celui qui lève en l'air la double flûte où il souffle,
en se redressant sur les pointes de ses petits
pieds. Ceux-là sont de vrais enfants de Donatello.
D'autres sont plus calmes et plus sérieux. Deux
d'entre eux, qui forment un groupe délicieux,
chantent à l'unisson, en suivant dans un livre,
pareils à des chantres de Luca della Robbia, que
Donatello ou l'un ses disciples aurait vêtus de
tuniques légères et chaussés de bottines à l'antique.
Quelques-uns ont le ventre lourd, les jambes trop
courtes, le regard atone. Ces petits reliefs de
bronze ont été tous raclés et polis par les cise-
leurs, jusqu'à perdre le vif de leur épiderme. La
part des aides a dû être très grande : dix des
enfants musiciens se trouvaient fondus un an
après la réunion de l'escouade de travailleurs
groupés autour de Donatello. L'un de ces aides,
Giovanni de Pise, a modelé pour un autel des Eremitani de Padoue une frise d'enfants en terre-cuite,
où plusieurs figurines ressemblent de très près à
celles du Santo. Mais d'autres sculpteurs ont travaillé aux enfants de bronze, et sont mentionnés
dans les comptes avec Giovanni : un autre Pisan,
Antonio di Chellino, Urbano de Cortone, Francesco del Valente, et jusqu'à un peintre, Niccolò
Piczolo. Ces mêmes artistes ont exécuté les bas-
reliefs des symboles des évangélistes : le bœuf est

assez mal dégrossi; le lion est pesant, avec la face attristée du *Marzocco* de Florence; l'enfant de saint Mathieu a le corps d'une fillette svelte et fine; l'aigle de saint Jean est un monstre héraldique d'une fierté sauvage et terrible. On retrouve Donatello, non seulement dans les silhouettes de ces bronzes trop polis, mais dans l'audacieuse polychromie ajoutée à l'éclat du métal doré par les disques de verres de couleurs dont les fonds étaient autrefois incrustés.

Les statues de bronze qui devaient être rangées sur l'autel n'étaient qu'un jeu pour le sculpteur qui avait assumé la tâche nouvelle de modeler la masse d'un cheval, chargé de son cavalier. Donatello a laissé les *garzoni* agrandir plusieurs des esquisses qu'il avait modelées à la taille d'une statuette, comme le *David* des Martelli. Les statues du Santo s'ordonnent par couples, dont les figures s'opposaient deux à deux, à droite et à gauche de la Vierge. L'esprit de Donatello semble absent des deux statues mitrées de saint Louis et de saint Prosdocime : le premier, plus élégant que le *saint Louis* de Santa Croce, et plus insignifiant; le second, exemplaire commun du vieillard à barbe vénérable. Mais l'empreinte du maître est marquée sur les autres statues. L'artiste qui retrouvait les formes de l'antiquité quand il cherchait à exprimer le charme de la jeunesse a donné une grâce souriante aux deux statues juvéniles qui semblent se

Planche XVI.

TÊTE DU CHRIST CRUCIFIÉ.

Bronze.

Padoue. Basilique de Saint-Antoine.

saluer l'une l'autre du même geste, en saluant la Vierge reine : sainte Justine, cousine des Vertus de Sienne, a l'attitude des statues de provinces romaines qui figurent sur les monuments triomphaux ; saint Daniel, le diacre, dont la figure entière, à peine retouchée après la fonte, est d'une coulée si pure, a revêtu une dalmatique brodée d'Amours danseurs, et semble assister aux pompes fleuries d'un culte païen. En présence des deux moines auxquels devaient être réservées les places d'honneur, la vision de l'artiste s'assombrit. C'est le réaliste viril, le portraitiste des prophètes du campanile florentin qui a modelé ces deux têtes, si différentes des types convenus des petits Pauvres de Dieu : le *saint Antoine,* face robuste et carrée de paysan : le *saint François,* creusé par les années, mais solide encore, qui médite et pense, le regard baissé vers le crucifix qu'il tient, avec la gravité doctorale d'un saint Bonaventure.

Il faut s'arrêter plus longuement devant les deux statues sur lesquelles devaient se concentrer les regards des fidèles : le *Crucifix* qui, d'abord destiné à surmonter l'autel, couronnait, dans la décoration achevée, la clôture de marbre élevée devant le sanctuaire ; la Vierge, dont le trône occupait le milieu du portique élevé sur le merveilleux autel.

Le crucifix suffirait à montrer ce que Donatello avait appris en quarante ans de travail : ce nu d'homme, étudié avec une science consommée,

paraîtra plus admirable, encore, si on le compare
au crucifix de bois de Santa Croce, pour la nota-
tion rigoureuse des saillies musculaires, l'accen-
tuation précise des attaches, la *morbidezza* de la
chair. Cependant, tout en faisant œuvre de réaliste
attentif, Donatello s'est souvenu, dirait-on, de la
leçon qu'il avait jadis reçue de Brunellesco[1]. Cette
fois, il a bien représenté la grande victime, la tête
penchée, les yeux caves, les paupières closes, la
bouche entr'ouverte par le souffle d'agonie qui a
gonflé la veine du front. On ne saurait dire si ce
Christ est mort ou s'il va mourir. Seul, sur le portique du sanctuaire, dans le pénombre des coupoles, il était émouvant et terrible (Pl. 16).

La *Vierge* du maître-autel est à peine moins
effrayante. C'est la première statue de la Mère avec
l'Enfant que Donatello modelait, après avoir répété
et varié en bas-relief pendant plus de vingt ans le
thème de la Maternité. Il avait fait de l'Enfant-
Dieu, dans ses premiers *quadri* de marbre, un *putto*
vigoureux. Jésus montre encore le dos d'un petit
Hercule, entre deux enfants nus et forts comme
lui, sur une plaque en bronze de la collection
Aynard, dont la fonte à cire perdue garde l'accent
d'une esquisse rapide de Donatello, et qui devait
former une porte de tabernacle[2] : la Vierge assise

1. Voir plus haut, p. 28.
2. Cette plaque a été étudiée et reproduite dans la *Revue de
l'Art ancien et moderne*, t. XIX, 1906, p. 87.

Planche XVII.

LA VIERGE AUX QUATRE CHÉRUBINS.

Bas-relief, terre cuite polychrome.

Musée de Berlin.

est comme noyée dans le ruissellement d'une draperie dont les filets pressés foulent et meurtrissent
le nu, exactement comme dans les figurines de
femmes qui assistent aux miracles de saint Antoine,
sur les bas-reliefs de l'autel du Santo. Cette plaque,
qui paraît avoir été modelée à Padoue, reste isolée
dans le groupe des madones donatellesques de la
période padouane. On n'a pu retrouver, il est vrai,
aucun des trois bas-reliefs de la Vierge avec l'Enfant que Donatello envoya de Padoue en 1450 au
marquis de Mantoue. Mais l'un des bas-reliefs des
miracles de saint Antoine porte une petite madone
à mi-corps, esquissée dans un médaillon, sur le
fond d'architecture. La Vierge embrasse un nouveau-né au maillot, un pauvre petit être débile et
sans défense. Le même *bambino,* dans ses langes,
reparaît sur plusieurs bas-reliefs qui doivent être
contemporains des travaux du Santo. Le plus beau
est une terre-cuite peinte du Musée de Berlin, où
Marie serre étroitement son enfant contre elle, tout
en joignant les mains pour prier (Pl. 17).

La Vierge de l'autel de Padoue est belle et forte
comme la jeune mère du musée allemand ; mais
elle semble avoir perdu son cœur, plein d'amour et
d'angoisse, en montant sur le trône flanqué de
sphinx à tête de femme. La reine vient de se lever
et regarde son peuple. L'enfant, qu'elle tient dis-
traitement devant elle, est frêle et faible comme un
oiseau de nid, et ses petits doigts gourds ne savent

pas bénir. Les paysannes qui venaient au Santo de Padoue, leur nourrisson sur le bras, dans le flot des pèlerins de toute l'Italie, pouvaient sourire à ce nouveau-né; mais que disait aux femmes et à la foule cette idole de bronze noir, qui présente son fils au monde comme une énigme plutôt que comme une espérance? La haute couronne, une couronne d'orfèvrerie vivante, composée de chérubins pareils à celui qui forme l'agrafe du manteau, a la hauteur de la couronne tourelée de Cybèle (Pl. 18). Jamais l'artiste ennemi des traditions n'avait conçu une image plus opposée aux traditions. Cette déesse-mère pourrait être adorée comme une image de la Nature maternelle par les fidèles des religions futures, dont Benson, le Wells catholique, décrit les statues, dans son curieux livre, *le Maître de la Terre.*

La puissance du sculpteur se manifeste plus impérieusement dans les bas-reliefs dramatiques qui achèvent la décoration de l'autel que dans aucune de statues.

Le bas-relief en pierre de la Mise au tombeau a été replacé derrière l'autel, au-dessous de la prédelle, à la place où l'a vu Michiel [1]. La pierre est modelée comme un bloc, par plans bien tranchés. En esquissant ce bas-relief, qui a été terminé par

---

1. Michiel indique, à droite et à gauche de ce bas-relief de pierre, quatre figures de marbre en bas-relief, qui n'ont pas été retrouvées.

LA VIERGE REINE.

Bronze.

Statue du maître autel de la basilique de Saint-Antoine à Padoue.

un aide, Donatello s'est souvenu de son temps de
marbrier. Le drame que le sculpteur avait mis en
scène une première fois sur le tabernacle de Saint-
Pierre, est ramassé et concentré à Padoue avec
une sévérité lugubre. Les têtes des personnages
touchent le haut de l'encadrement, comme le plafond d'une chambre funéraire. Chacun des plans
marqués dans la faible épaisseur de la pierre est un
aspect de la douleur humaine : derrière les porteurs, robustes et laids, qui pleurent en silence,
éclate le *vocero* des femmes. Au milieu de ce chœur
furieux, on cherche en vain la Mère.

L'espace, si étroitement mesuré dans le bas-
relief de pierre, s'élargit librement et jusqu'à perte
de vue sur les quatre bas-reliefs de bronze, dont
chacun met en scène un miracle de saint Antoine.
Ils ont été fondus tous dans le cours de l'année
1447, en même temps que les petits reliefs des enfants musiciens, auxquels ils ne ressemblent en
rien. Les esquisses des quatre scènes ont dû être
pétries avec une hâte dont la fièvre semble courir
encore dans le métal glacé.

Il n'y avait pas, même dans les légendes om-
briennes, de miracles plus populaires et plus naïfs
que ceux qui devaient être représentés par Donatello. Un avare vient de mourir; Antoine fait ouvrir
le cadavre par quelque médecin de la Faculté de
Padoue, et ne trouve rien à la place du cœur : une
parole de sermon s'est faite réalité, et le cœur de

l'avare est retrouvé dans son coffre. Un jeune homme avait donné un coup de pied à sa mère; pour se punir lui-même, il se coupe le pied : le saint le recolle. Une femme est accusée d'adultère devant le peuple de Ferrare; le saint donne la parole à l'enfant nouveau-né de cette femme, qui se tourne vers le mari, en disant : « Voici mon père. » Les animaux mêmes jouent leur rôle, dans les prodiges de saint Antoine, comme les poissons et les oiseaux de saint François, et le loup de Gubbio. Pour confondre un incrédule, qui doutait de la présence réelle, saint Antoine présente une hostie à une mule, devant laquelle il a fait placer une portion d'avoine : la bête, sans regarder la pitance, se met à genoux devant l'hostie.

Pour transformer les miracles du Santo en œuvres d'art, Donatello rencontrait la difficulté que le miracle, par définition, oppose à l'art. Le miracle n'est pas une vision d'un monde divin : c'est une intervention divine dans un fait humain. Comment rendre palpable en sculpture ce divin, qui est invisible? Donatello a résolu le problème, en s'attachant moins au miracle et au thaumaturge lui-même, qu'à la réaction provoquée par le fait, invisible pour nous, dans la foule qui tout à coup le voit. Pour faire place à cette foule, le sculpteur a donné aux miracles de saint Antoine le champ panoramique qu'il avait donné à son premier bas-relief de marbre, le *Combat de saint Georges*.

La perspective n'est pas tracée du même point
de vue, dans les quatre bas-reliefs. Dans deux de
ces tableaux de bronze, *le Miracle de l'avare* et *le
Miracle du pied,* la ligne d'horizon passe au milieu,
comme dans le bas-relief de Sienne; dans les deux
autres miracles, cette ligne passe aux pieds des
personnages, à peu près comme dans le *quadro* de
marbre de l'*Ascension*. M. Conrad de Mandach,
qui a insisté sur cette observation, en a tiré une
hypothèse fort ingénieuse sur la place que les bas-
reliefs des miracles occupaient dans l'autel. Michiel écrit qu'ils se trouvaient « sur la prédelle, deux
par devant et deux par derrière » *(nello scabello le
due istoriette davanti e le due da dietro)*. M. de Mandach interprète ce texte d'après les données de la
perspective, qui semble tracée pour des tableaux
placés, deux à deux, à des hauteurs différentes. Il
imagine une *pala* à plusieurs étages de bas-reliefs,
où deux des miracles se trouveraient sur un gra-
din en saillie, et « devant » les deux autres, qui se
trouveraient « en arrière ». Le croquis de la resti-
tution proposée élève démesurément la *pala,* entre
l'autel et les statues : il paraît inacceptable. D'ailleurs le texte de Michiel est formel : la prédelle ou
*scabello* régnait *derrière* l'autel, au-dessus du bas-
relief de la Mise au tombeau, comme devant l'autel. Il faut se résoudre à laisser deux des bas-reliefs
des miracles, avec deux des symboles des évangélistes, derrière l'autel, en mauvaise lumière. Pour

les étudier, nous les supposerons dégagés de l'autel. Leur suite forme un spectacle que seul, en son temps, le génie dramatique de Donatello pouvait créer.

Deux ans avant que Donatello ne partît pour Padoue, Ghiberti avait terminé, à Florence, un bas-relief de bronze qui faisait partie de la châsse de saint Zanobi, patron de la ville, et qui représentait un miracle du saint évêque, en présence d'une foule. Dans le miracle de saint Antoine, les proportions des figurines et de l'encadrement sont presque les mêmes que dans le miracle de saint Zanobi; mais ces ressemblances tout extérieures ne rendent que plus éclatante l'originalité que Donatello avait conquise, en face du sculpteur qui avait été jadis son maître dans le bas-relief. Ghiberti n'a rien trouvé de mieux que de montrer par deux fois l'enfant ressuscité par le saint : d'abord gisant mort par terre, puis vivant et debout : vieux procédé de conteur, bien souvent répété par les peintres siennois. Nous voyons ainsi le miraculé avant et après le miracle, mais l'éclair du miracle nous échappe : il a passé sans ébranler la foule, qui fait cercle à distance, et qui, composée de draperies harmonieuses, sous lesquelles rien ne palpite, s'arrondit autour du groupe miraculeux, comme une haie de souples arbustes.

C'est la première apparition dans la sculpture de ces foules impassibles que les peintres du Quat-

trocento, depuis Masolino, font assister, non seulement aux miracles ou aux martyres des saints,
mais aux scènes de l'Évangile, comme un bon
public, en costumes et couvre-chefs du quinzième
siècle, qui aurait envahi les tréteaux de la *sacra
rappresentazione*. Quelques silhouettes de la vie
contemporaine, transposées dans le mode héroïque,
des costumes d'hommes, courts et collants comme
ceux des courtisans de Ferrare dans les fresques
du palais de Schifanoja, des coiffures de femmes,
qui se retrouvent sur les médailles de Pisanello,
figurent à Padoue dans le bas-relief du *Miracle de
l'enfant*. Ce bas-relief a-t-il été modelé tout entier
de la main même de Donatello? Deux critiques
allemands en ont douté. Il est certain que les
figures sont notablement plus grandes sur ce bas-
relief que dans les trois autres; elles rappellent par
plus d'un trait les bas-reliefs des anges musiciens.
Il est très probable que Donatello a laissé achever
le modèle de cire par un de ses disciples, peut-être
Giovanni de Pise. D'ailleurs on ne peut douter que
la première esquisse n'ait été donnée par le maître,
avec l'indication de quelques costumes contemporains; d'autres de ces costumes, plus sommairement esquissés, se retrouvent dans les bas-reliefs
du miracle du « pied » et de la mule : mais ils se
perdent au milieu des tuniques et des manteaux à
l'antique.

Les draperies dessinent les attitudes des corps

qui se pressent autour du moine robuste. Ces attitudes sont des mouvements. On compte les indifférents. La foule est agitée par le spectacle que nous
ne comprenons pas, comme l'étaient les personnages du festin d'Hérode, sur le bas-relief de
Sienne, par la vue de la tête coupée. Mais ici
l'ébranlement retentit bien plus fort et plus loin.
Un tourbillon se forme tout à coup dans la masse
humaine, qui attire les uns, repousse les autres,
jette ceux-ci à genoux ou les abat prosternés, fait
bondir ceux-là sur une estrade ou sur un socle.
C'est un flux et un reflux, dont les vagues gon-
flées ou creusées se heurtent aux architectures et
montent en déferlant contre les piliers (Pl. 19).

Au milieu de cette marée humaine, le sculpteur
a distingué des groupes qui rythment à la fois le
bas-relief et le drame. Quelques-uns, qui restent
comme en marge de l'action, arrêtent et reposent le
regard comme la floraison d'une vie saine et pure :
tel le groupe des mères et des enfants, à l'écart du
miracle de l'avare. D'autres sont au foyer même de
la passion : quand le saint se penche sur le jeune
homme dont il tient le pied, six personnages, con-
fondus en un avec lui, suivent son mouvement
de la tête et du dos : c'est une prière collective qui
demande le miracle, et l'on pense à la clameur de
Lourdes : « Seigneur, guérissez nos malades ! »

Donatello avait vu les pèlerins sauvages dont le
flot inondait la basilique du Santo : il s'est souvenu

Planche XIX.

UN MIRACLE DE SAINT ANTOINE DE PADOUE.

Bas-relief, bronze.

Padoue. Basilique de Saint-Antoine.

de ces « foules de Padoue ». En même temps il a
introduit dans ses groupes, avec des profils romains et des têtes de barbares hirsutes, des attitudes et des gestes qu'il avait aperçus à Rome sur
les bas-reliefs de la colonne Trajane. C'est tout
récemment qu'on les a notés. Donatello lui-même
reconnaissait-il les silhouettes dont le souvenir
passait dans la flamme de ses visions? Il ne faisait
pas collection de ses propres dessins. Ceux que
Vasari possédait, dans son fameux *libro,* et dont il
a vanté la fierté sans égale, semblent perdus. Ils
ne devaient être que des croquis de mouvements,
faits de mémoire ou d'inspiration, comme ceux
dont parle Pomponio Gaurico, dans l'anecdote de
l' « album » de Donatello : *de Donatelli abaco.* Un
amateur demandait à l'artiste de voir le recueil de
ses dessins : Donatello prend une feuille, et la
couvre en un clin d'œil d' « histoires », de personnages drapés à l'antique, de figurines nues, en
disant : « Voilà mon seul *abacus.* » Ne croit-on
pas voir un des bas-reliefs de Padoue, où l'ébauchoir a dessiné avec une fougue si prompte?
Chacun d'eux est un *abacus* de Donatello.

Ce trésor de figures en mouvement, auquel rien
ne peut être comparé, même dans l'art antique, et
auquel rien ne ressemblait, dans l'art paisible et
appliqué du Quattrocento, un maître du siècle
suivant devait y puiser, comme dans un merveilleux album. Raphaël a tiré des miracles de saint

Antoine des attitudes et des groupes entiers, que
M. Wilhelm Vöge a retrouvés avec une sûreté
magistrale, non seulement dans la Messe de Bol-
sène, qui a pour centre une hostie, comme le bas-
relief de la mule, mais dans la *Disputa,* dans
l'École d'Athènes, et dans la fresque d'Héliodore,
où les groupes héroïques et les personnages en
costume moderne voisinent, comme dans le miracle
de l'enfant, à Padoue.

La foule en tumulte se meut dans un décor
d'architecture dont la richesse bizarre a elle-même
quelque chose de tumultueux. Cependant le souvenir des ruines de Rome se laisse reconnaître dans
les édifices qui entrecroisent leurs plans et leurs
lignes au fond de la place sur laquelle l'avare est
exposé, comme sur le fond du second bas-relief de
la *Danse de Salomé,* le marbre de Lille. L'église où
le saint et la mule se rencontrent est étrangement
différente de toutes les églises du moyen âge et de
la première Renaissance : ses voûtes sont les
gigantesques berceaux de la basilique de Cons-
tantin, dont Bramante imitera les proportions dans
le nouveau Saint-Pierre. Ce décor romain achève
de donner aux scènes de la légende franciscaine
l'allure des grands drames de l'histoire, tels que
les ont vus les grands poètes. Ici, comme devant
les dialogues des portes de San Lorenzo, on ne
peut se défendre de citer Shakespeare. Le cadavre
exposé dans un Forum en ruine, au milieu d'un

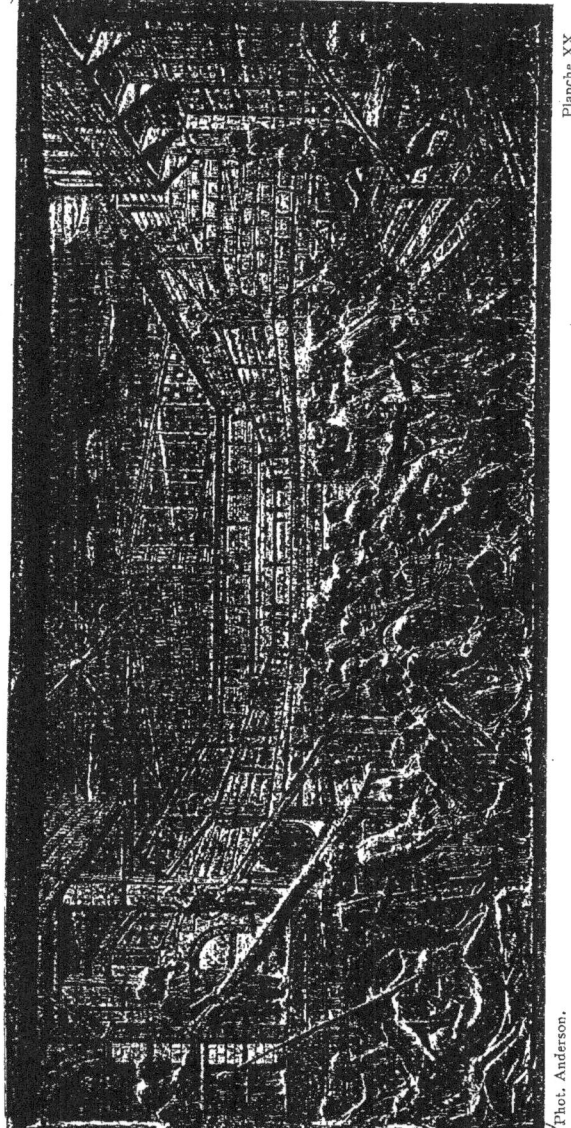

UN MIRACLE DE SAINT ANTOINE DE PADOUE.

Bas-relief, bronze.

Padoue. Basilique de Saint-Antoine,

Planche XX.

peuple éperdu, est-ce l'avare des sermons de
moines, ou la dépouille de Jules César ?

Vingt ans séparent, dans la vie de Donatello, le
*Festin d'Hérode* des *Miracles de saint Antoine,* qui
lui font suite dans la série des bas-reliefs dramatiques de bronze. Les groupes sont devenus
foule ; l'étroite salle aux murs de prison a fait place
à des monuments triomphaux. Dans la grande
basilique où le saint présente l'hostie, les hautes
arcades du fond sont garnies de grilles, derrière
lesquelles se croisent d'autres grilles, sans que
l'on voie le fond. Dans l'un des bas-reliefs, Donatello a supprimé toute muraille. Le miracle du pied
se passe au milieu même d'une sorte d'amphi-
théâtre de bois, qui rappelle l'*Arena* de Padoue.
Les gradins s'enfoncent dans le lointain. Des
nuages passent sur le ciel, et au milieu d'eux le
soleil brille, figuré par un petit globe doré, en
saillie sur le bronze (Pl. 20). Donatello, lorsqu'il a
regardé le soleil en face, a été plus hardi, non
seulement que Ghiberti, mais que tous les peintres
italiens de son siècle ; dans le petit monde qu'il a
créé, et où passent des formes antiques, il semble
deviner les couchants dont Claude Lorrain devait
associer la gloire à celle des ruines de Rome.

Ces bas-reliefs, œuvres d'un art prophétique,
restent les morceaux les plus étonnants de l'autel
qui a été le monument de sculpture le plus étonnant du quinzième siècle. Padoue, en attachant

Donatello aux travaux les plus divers, avait rajeuni
une dernière fois le grand travailleur, au seuil de
la vieillesse. Cependant il faut se garder d'admettre,
comme l'a fait plus d'un critique, que la ville
savante ait donné à l'artiste des enseignements
nouveaux. Il n'y a rien, ni dans les statues, ni
dans les bas-reliefs du *Santo,* ni dans les formes,
ni dans la perspective, qui ne soit le développement logique et l'achèvement de ce que Donatello avait déjà réalisé à Florence ou à Sienne.

Il eût pu demeurer dans l'Italie du Nord,
accablé de commandes et d'honneurs. Il avait fait
pour la chapelle de la colonie florentine de Venise,
aux Frari, le modèle d'un *saint Jean-Baptiste,*
qui fut exécuté en bois. Des princes moins riches
que les Médicis, mais plus prodigues pour leur
gloire, Borso d'Este, Ludovico de Gonzague, lui
demandaient des statues équestres, après lui avoir
acheté des madones[1]. Mais quand l'artiste eut
achevé les dix années pendant lesquelles les fours
des fondeurs n'avaient cessé de fumer pour le
crucifix, le cheval et l'autel de bronze, il se sentit las même des louanges. « Si je restais ici plus

1. Je ne puis croire, malgré l'autorité de M. Bode, que Donatello ait modelé la tête du marquis Ludovico de Gonzague dont
deux exemplaires en bronze ont été retrouvés, le meilleur dans
la collection de Mme André, l'autre au Musée de Berlin. Cette
œuvre lourde et sans accent avait été attribuée par Courajod à
Nicola Baroncelli, le fondeur de la statue équestre de Nicolas
d'Este.

longtemps, lui fait dire Vasari, j'oublierais ce que j'ai appris. Je veux revenir chez moi, parmi les Florentins. Là je suis sûr d'être critiqué sans trêve. De telles critiques excitent à travailler et apportent en conséquence plus de gloire. » Il ne voulait pas « mourir chez ces grenouilles de Padoue ». Un Florentin l'écrivait en 1458. A cette date, Donatello était depuis plus d'un an de retour dans la ville qu'il aimait, comme son ami Alberti, parce qu'elle était, entre toutes, la plus riche des dons de l'esprit et de l'art *(in questa nostra sopra l'altre ornatissima patria)*.

# CHAPITRE XIV

## LA VIEILLESSE DE DONATELLO

E 25 mars 1456 Donatello écrit de Florence à Padoue pour un solde qui lui était dû sur le paiement du grand autel. En 1457 il rédige sa dernière déclaration pour le fisc, où il se dit établi dans le quartier de San-Giovanni, derrière la cathédrale où il avait fait ses débuts de marbrier. Il accuse soixante-quinze ans ; il en avait soixante-dix.

Le vieillard n'était pas revenu à Florence pour se reposer. Il est appelé à Sienne, où il fait fondre au mois d'octobre 1457 un *saint Jean-Baptiste* de bronze. La Fabrique lui commande l'année suivante des portes de bronze pour la façade sculptée par Giovanni Pisano. Donatello reçoit de la cire, du plomb, du fer. Il a amené avec lui à Sienne un disciple actif, Urbano de Cortone. Mais le maître, sans doute vaincu par l'âge, ne retrouve pas l'ardeur qu'il avait montrée à Padoue. Son travail

reste lent et obscur, bien qu'il se trouve encore à
Sienne en 1461. Le seul monument de sa vieillesse
qu'il laisse dans la cathédrale, près du baptistère où
dansaient ses *putti* joyeux, est le *saint Jean-Baptiste* de bronze, bien plus creusé et plus hérissé
que la statuette de Berlin : une sorte de fakir aux
doigts de squelette, embroussaillé de poils, chevelu
comme un chef de clan préhistorique. Ce spectre
noir a une sœur à Florence : la *Madeleine* de bois,
dont Donatello a donné le modèle, sans doute vers
1460, pour la cathédrale, et qui est depuis le seizième siècle au baptistère. Le roi Charles VIII, en
passant à Florence au temps de Savonarole, avait
voulu enlever pour une de ses chapelles de France
la statue affreuse et douloureuse, qui parlait à sa
piété. En modelant de ses vieilles mains ce *Zuccone* femelle, Donatello avait été plus loin que les
imagiers du Nord : il donnait à l'image d'une
vivante l'horreur des gisants desséchés et des
danses macabres. Avait-il trouvé un modèle pour
sa vieille pénitente dans l'art même de Florence ?
Brunellesco avait sculpté une *Madeleine ;* cette statue, antérieure d'une vingtaine d'années à celle de
Donatello, a disparu avant la fin du quinzième
siècle dans un incendie. Rien, dans ce que nous
connaissons de l'art italien, ne ressemble à la *Madeleine* de Donatello, cette longue et sèche momie,
vêtue, selon la tradition, de ses cheveux, qui ressemblent à une toison de chèvre. Le visage édenté

et parcheminé a épuisé les larmes; la vie s'est réfugiée dans les mains tremblantes, qui se joignent pour une prière suprême (Pl. 21).

Pendant la longue absence de Donatello, Ghiberti et Brunellesco étaient morts. Le vieux sculpteur avait trouvé Cosme de Médicis blanchi comme lui. Le prince sans couronne était toujours préoccupé par-dessus tout des constructions et des œuvres d'art auxquelles il confiait noblement le soin de perpétuer sa mémoire.

Donatello, dans ses dernières années, consacra aux Médicis presque tout le temps qu'il put dérober aux fabriciens de Sienne.

Le palais de Cosme, dont Michelozzo avait commencé les travaux après le départ de Donatello pour Padoue, était achevé, ou près de l'être, au retour du sculpteur. Il faut très probablement ranger parmi les œuvres de sa vieillesse un groupe de bronze exécuté pour Cosme et qui pouvait être difficilement prévu avant la construction du palais, puisqu'il devait faire partie d'une fontaine, à l'entrée des jardins : des trous pour le passage des filets d'eau ont été ménagés dans le métal [1].

C'est le groupe de *Judith et Holopherne,* qui fut transporté avec le *David* au Palais de la Seigneurie, lors de la révolution de 1494. Il fut placé

---

1. Pour la date de la *Judith,* voir la note de C. von Fabriczy, *Repertorium,* XXVIII, 1905, p. 382.

MADELEINE PÉNITENTE.

Statue, bois.

Florence. Baptistère San Giovanni.

devant le palais, sur la place où allait bientôt se
dresser le bûcher de Savonarole. En 1504, la
*Judith* de Donatello fut remplacée par le *David*
gigantesque de Michel Ange. Le grand duc Cosme
la plaça quelque temps après sous la Loggia des
Lanzi, dont il voulait faire un musée de statues en
plein air.

La *Judith* regarde aujourd'hui le Palais Vieux;
le grand duc a respecté l'inscription historique
que les républicains de Savonarole avaient fait
graver sur le piédestal du quinzième siècle, et qui
citait l'héroïne biblique en exemple aux tyranni-
cides : EXEMPLUM SAL. PUB. CIVES POSUERE.
MCCCCXCV.

Cosme l'ancien, en commandant ce bronze, était
bien éloigné de prévoir que bientôt Florence en
ferait une menace dirigée contre les Médicis, et
qui, en rappelant les Pazzi, annoncerait Loren-
zaccio. Il est vrai cependant que la Judith de Donatello donnait une leçon de meurtre (Pl. 22).

Le *David* de bronze qui était debout, non loin
de l'héroïne, dans le palais des Médicis, s'appuie
sur le cimeterre qui a tranché la tête énorme et
superbe; il se montre dans le calme du triomphe,
après l'action. Le bras de la Judith est levé et
détaché en l'air, comme l'a remarqué au seizième
siècle Francesco Bocchi, avec la complète liberté
que laissait au sculpteur la technique du bronze.
Tout le groupe se trouve dominé par le tranchant

du cimeterre. On pourrait croire que l'arme s'arrête, dans l'instant de la résolution suprême, avant de frapper. Mais l'homme assis, dont l'héroïne debout soutient le torse lourd de son genou et de sa jambe, n'est pas plongé dans le sommeil de l'ivresse. Sa gorge est ouverte par un premier coup du cimeterre; c'est un cadavre que Judith maintient assis, pour achever de trancher la tête morte, aussi effrayante, sous ses longs cheveux, que celle du Christ de Padoue. Le détail de la blessure, peu visible sur le bronze, placé trop haut, a été reconnu sur un moulage par une femme [1], qui en a indiqué courageusement l'horreur.

L'enchevêtrement de la figure debout et de la figure assise est resté embarrassé. Il faut songer que la Judith était le second groupe de ronde bosse que Donatello avait modelé, après l'Abraham sacrifiant du campanile; le premier, dans l'Italie moderne, qui devait être vu, non pas dans l'encadrement d'une niche, mais de tous côtés, comme le *David* de bronze. L'exécution est de la souplesse la plus savante dans le torse et les bras d'Holopherne, directement copiés du modèle vivant, et dans ses jambes nues, que l'artiste a laissées pendre si audacieusement devant le socle. Le costume de Judith est bizarre et opulent; sur le camail qui couvre ses épaules robustes, en déga-

1. Mlle Frida Schottmüller.

Planche XXII.

JUDITH ET HOLOPHERNE.

Groupe, bronze.

Florence. Loggia dei Lanzi.

geant sa lourde poitrine, des Amours sont brodés en relief, comme sur la dalmatique du diacre de Padoue.

D'autres *putti* couvrent le socle triangulaire, emportés dans une bacchanale qui semble faire suite à la course folle de la *Cantoria;* mais ici le tumulte est encore plus désordonné. Tout ce mouvement joyeux devait accompagner la musique de l'eau qui jaillissait, en sortant de bouches ouvertes au milieu même des groupes d'enfants, ou en passant par des trous percés aux angles du coussin que le poids d'Holopherne presse comme une outre.

La fontaine de la Judith est muette depuis qu'elle a été enlevée du palais des Médicis. Le groupe est fort mal placé sous la Loggia démesurée. S'il était possible de le transporter dans la cour ou le jardin d'un palais de Florence, il faudrait en refaire une fontaine, pour rendre toute sa force au contraste que Donatello avait voulu marquer entre le groupe tragique et le socle égayé par les jeux des enfants et des eaux.

Pour San Lorenzo, l'interminable église des Médicis, une phase nouvelle des travaux de construction et de décoration avait commencé au lendemain du retour de Donatello à Florence. La nef de la vieille église fut démolie en 1457, et la nouvelle nef aussitôt commencée, d'après les projets qu'avait laissés Brunellesco. C'est alors, selon toute vrai-

semblance, que Donatello donna le dessin de
la tribune aux chanteurs qui fut encastrée dans
le bas-côté de gauche. Elle était faite pour rivaliser, dans l'église des Médicis, avec la *Cantoria*
de la cathédrale, dont elle a les proportions et
l'architecture; le mouvement fougueux du bas-
relief est remplacé par le concert des marbres de
couleur et des mosaïques d'or, dont Donatello
n'avait jamais oublié la richesse byzantine, depuis
son retour de Rome. Un vaste projet de décoration
fut formé pour le chœur de l'église, qui restait encore pauvre et nu, à côté de la chapelle funéraire
bâtie par Brunellesco et remplie des œuvres de
Donatello. Le sculpteur reçut de Cosme, vers
1460, la commande de deux chaires de bronze
doré, couvertes de reliefs, qui devaient peut-être
faire corps avec une clôture de marbre analogue
à celle de la basilique romane de San Miniato. Il
se mit à l'œuvre. Mais la paralysie vint le terrasser.
Il resta trois ans cloué au lit, dans une petite
maison où il s'était retiré, via del Cocomero, près
des religieuses de San Niccola. Il y mourut le
13 décembre 1466. Le peuple de Florence accom-
pagna le cercueil, à la suite des artistes de tous les
métiers, jusqu'à cette église de San Lorenzo où le
travail du maître avait été arrêté par l'engourdisse-
ment fatal. C'est dans la crypte de l'église des
Médicis que la place de la sépulture de Donatello
avait été marquée, non loin de la tombe cachée

dans laquelle reposait depuis deux ans Cosme,
Père de la Patrie [1], « afin, dit Vasari, qu'après avoir
été près de lui par le cœur, pendant sa vie, il fût
près de son corps, une fois mort ».

1. Le cercueil de Donatello est resté dans la crypte de San
Lorenzo. C'est seulement à la fin du dix-neuvième siècle qu'un
tombeau a été élevé dans l'église, en mémoire de l'artiste qui
l'a remplie de ses œuvres. Ce tombeau, œuvre de l'architecte
Guidotti et du sculpteur Romanelli, a été inauguré en 1897
(reprod. dans l'*Archivio storico dell'Arte*, X, p. 162). Adossé à
la paroi d'une chapelle célèbre, celle qui a pour retable une
*Annonciation* de Fillipo Lippi, il n'est pas placé immédiatement
au-dessus du cercueil. Le tombeau du grand sculpteur est un
pastiche habile des marbriers florentins de la seconde moitié
du quinzième siècle : il n'a rien de Donatello.

# CHAPITRE XV

LA tombe de Donatello était refermée depuis un demi-siècle, lorsque l'église de San Lorenzo fut parée pour servir pendant quelques jours de chapelle à l'arrière petit-fils de Cosme de Médicis, devenu le pape Léon X. Deux chaires provisoires furent élevées et décorées avec les bas-reliefs de bronze, inutilisés jusque-là, qui étaient la dernière œuvre de Donatello. On ne sait ce qu'ils devinrent après le départ de Léon X. C'est seulement en 1558 que l'une des chaires fut définitivement établie dans la nef, à gauche de l'entrée, sur les colonnes de marbre qui la supportent encore. Le 14 juillet 1564, Bartolommeo Varchi monta dans cette chaire pour prononcer, au milieu des bas-reliefs de Donatello, l'éloge funèbre de Michel Ange. La seconde chaire ne fut mise en place, dans la nef, à droite de l'entrée, qu'un an plus tard.

L'arrangement des bas-reliefs, tel qu'il s'est conservé, ne pouvait rappeler que de loin le projet
du maître. Il fut terminé seulement dans les dernières années du seizième siècle. Pour fermer chacune des chaires, sur la face postérieure, du côté
des colonnes de la nef, il fallut ajouter quatre bas-
reliefs de bois, badigeonnés en couleur de bronze
et dont deux, représentant des évangélistes, ser-
virent de portes. Trois de ces bas-reliefs reprodui-
sent des compositions du sculpteur flamand Jean
Bologne; l'*Évangéliste saint Jean* est une copie
inattendue d'un des bas-reliefs de Ghiberti, sur la
porte du concours de 1401.

Les bas-reliefs de bronze qui remontent au quinzième siècle ont mis à l'épreuve, de nos jours, la
sagacité des critiques. A Padoue, les figurines et
les détails modelés par des aides disparaissent
dans le flot de la vie que Donatello a créée. Sur
les parapets des chaires de San Lorenzo, on
voit changer, d'une plaque de bronze à l'autre, la
couleur du métal, le travail de la ciselure, la force
du relief, les proportions des personnages, le tracé
de la perspective. On ne peut douter que plusieurs
artistes n'aient collaboré à l'exécution de ces bas-
reliefs. Vasari a nommé Bertoldo, un disciple que
Donatello aurait formé dans sa vieillesse. M. Semrau a démontré par des rapprochements péremp-
toires que plusieurs des bas-reliefs avaient été
fondus par un autre disciple florentin, Bellano, qui

travailla surtout à Padoue ; peut-être ceux-là n'ont-
ils été exécutés qu'une vingtaine d'années après la
mort de Donatello. Le départ entre les collaborateurs sera toujours incertain. Ce que l'on voudrait
connaître avant tout, c'est la part du maître dans
l'œuvre qu'il n'a pu achever.

Donatello a donné le dessin d'ensemble. Il l'a
composé de deux thèmes, aussi différents que possible, et qui se suivent parallèlement : ce sont les
deux thèmes qu'il a opposés, probablement vers le
même temps, dans la fontaine de la Judith : une
bacchanale joyeuse; un drame sanglant. Le sujet
des grands bas-reliefs est le plus tragique des sujets
chrétiens, la Passion. Jusque-là, le sculpteur
n'en avait tiré qu'une scène, *la Mise au tombeau;*
maintenant, comme s'il se sentait enfin digne,
après tant d'œuvres puissantes et douloureuses,
de regarder en face le grand drame humain et divin,
il projette de le développer en dix bas-reliefs,
depuis le prologue du jardin des Oliviers jusqu'à
l'épilogue de la *Descente du Saint-Esprit.* Peut-
être ajouta-t-il lui-même à la *Passion du Christ* le
*Martyre de saint Laurent,* à qui l'église est dédiée.

La frise qui court au-dessus des scènes d'angoisse, de mort et de deuil, les accompagne comme
un péan de joie enfantine et sauvage, entonné au
milieu d'un *Stabat.* Jamais les deux mondes, christianisme et paganisme, que Donatello avait unis
dans son culte d'artiste, n'avaient été rapprochés

aussi violemment. Des groupes d'Amours se jouent, séparés par des amphores. Leurs jeux, leurs courses, leurs chutes rappellent fort exactement, en plus petit, les bas-reliefs du socle de la Judith. Des chevaux, tenus par des hommes nus, se cabrent, aux extrémités de la chaire, comme les chevaux des Dioscures du Quirinal. Au milieu de la frise, deux centaures tiennent un médaillon pareil à un bouclier. Sur celui qui domine la chaire placée à droite de la nef, on peut lire la signature qui est gravée sur le coussin de la Judith et sur la plinthe du cheval de Gattamelata : *Opus Donatelli Flo*.

La paroi de bronze au-dessus de laquelle a été gravée la dernière signature de Donatello est divisée par de simples pans de mur en trois panneaux, dont l'ensemble forme à la fois un triptyque et une trilogie.

Les trois scènes sont la *Descente aux Limbes,* la *Résurrection* et l'*Ascension*. Elles n'avaient jamais été représentées dans l'art chrétien comme elles l'ont été ici et ne le seront jamais plus. Le milieu de la scène, dans la *Résurrection,* est occupé par un trophée d'armes. Le Christ apparaît dans un coin, vu de profil, alors que les peintres le représentaient de face. Il sort de la tombe, non pas triomphant, mais las et lourd, les vêtements et les cheveux collés, comme un homme qui sort de l'eau. Dans la *Descente aux Limbes,* il devient un géant qui

plonge au milieu d'une masse humaine, de laquelle
se détachent seulement saint Jean-Baptiste, hirsute
et décharné, et un bel enfant nu. La scène la plus
étrange peut-être est l'*Ascension*. Le Christ, gigantesque, est encore tout engagé dans le bloc mou-
vant des apôtres. Son pied presse la terre; mais
déjà sa tête dépasse le haut du cadre et atteint la
frise d'Amours. Il va sortir du bas-relief; déjà il se
penche en avant de tout son corps, et l'œil suit
le mouvement oblique de l'*Ascension,* non pas
parallèle au plan du tableau, comme dans les *Ascen-
sions* de Giotto, mais perpendiculaire à ce plan. En
se prolongeant, ce mouvement ferait passer le Christ
au-dessus du spectateur qui regarde le triptyque
de bronze.

A ce triptyque, dont les masses et les mouvements n'ont pu être indiqués que par Donatello,
s'opposent sur la seconde chaire deux panneaux
simplement encadrés entre des pilastres trapus.
L'un est le *Crucifiement,* un bas-relief lourd et médiocre, que Donatello n'a ni touché, ni vu. L'autre,
la *Déposition de croix,* est une mêlée inoubliable. La
Pietà, la douleur immobile de la Niobé tenant sur
ses genoux le corps de son fils pendant comme
une loque, est enveloppée par le tourbillon éche-
velé des femmes. Le lieu du drame est le Calvaire
même, au-dessus duquel se dressent les trois croix,
avec l'échelle appliquée à la croix du Christ, entre
les deux gibets où pendent encore les jambes des

Planche XXIII.

LE CHRIST PLEURÉ AU PIED DE LA CROIX.

Bas-relief, bronze.

Florence, Chaire de San Lorenzo.

larrons suppliciés. A côté de gestes frénétiques et fous, comme celui de la femme qui vient de s'arracher une poignée de cheveux, l'attitude de la Madeleine, assise dans un coin, et grave comme un saint Jean, résume toute la grandeur de la prière, où s'apaise et se purifie la douleur. Des groupes de guerriers, au premier plan, sont d'une fierté farouche. Jamais Donatello, dans toute la vigueur de sa maturité, n'avait créé avec plus de prodigalité la passion et la vie ; jamais sa main n'avait eu plus de liberté, de souplesse et d'audace, à peine troublées, çà et là, par une sorte de fièvre, et peut-être par la hâte du vieillard qui savait ses jours de travail comptés (Pl. 23).

Comment l'artiste avait-il conçu la disposition de la chaire où a été encastré ce bas-relief, si différent par les proportions et les masses de la trilogie à laquelle il fait aujourd'hui face? On ne le saura jamais. Il est certain que la cire de la *Déposition de croix* n'a été achevée qu'après la mort de Donatello. C'est un disciple qui aura placé trop haut les cavaliers nus qui devaient passer derrière les croix du Calvaire et qui ont l'air de chevaucher sur le ciel. Dans la trilogie, beaucoup plus lourdement empâtée que la *Déposition de croix,* l'esquisse du maître a été certainement achevée par Bertoldo. Tous les autres bas-reliefs ont dû être entièrement exécutés par lui ou par d'autres disciples ; mais ceux-ci avaient, sauf pour le *Crucifiement,* des

croquis ou des esquisses modelées du maître. La
scène du Christ devant Pilate est le développement confus et « chargé » d'un lumineux bas-relief de
terre-cuite, esquissé par le maître lui-même dans sa
vieillesse, non pas pour les chaires de San Lorenzo,
mais sans doute pour un retable en forme de triptyque. Il n'en modela que deux panneaux, *le Christ
devant Pilate* et *le Crucifiement,* qui furent, probablement après la mort de Donatello, placés sur un
autel de la famille Forzori, dans un encadrement
de bois, et qui se trouvent maintenant à Londres.
D'autres esquisses de Donatello se devinent plus
ou moins confusément sous les bas-reliefs des deux
chaires. Il n'en est pas de plus sec et de plus rocail-
leux que *le Jardin des Oliviers;* pourtant les corps
des apôtres endormis ont été jetés sur la colline et
jusque sur le soubassement du parapet de bronze
avec une aisance et une audace souveraines. C'est
encore Donatello qui a trouvé pour le motif du
sommeil ces onze variations.

Son esprit est partout. Il semble animer par le
dedans jusqu'aux groupes que le maître n'a pu modeler de ses doigts, glacés par la mort. L'esprit
donne des formes étrangement immatérielles aux
masses et aux figures mêmes qui ont été modelés
avec le plus de sûreté et de force. Parmi les
reliefs des deux chaires, les enfants et les chevaux
imités de l'antique ont seuls encore la netteté des
marbres. Mais les êtres qui se meuvent dans la

trilogie de la Résurrection et au pied des trois croix sont-ils des vivants? Ils traînent des vêtements pareils à des linceuls.

Une puissance d'hallucination, à laquelle il faut s'abandonner, émane de ces bronzes. Le cercueil du maître est là, dans la crypte du chœur. Lorsqu'un passant pieux, qui sait ce que l'on peut savoir des chaires de San Lorenzo et de leur destinée, a évoqué les ombres dont elles sont hantées, et que son regard s'abaisse vers le pavement sous lequel fut enseveli Donatello, il croit avoir contemplé les bas-reliefs d'un sculpteur fantôme.

# CHAPITRE XIV

## L'HOMME

« Donatello, qui fut toute sa vie un bon et
pauvre ouvrier. »
A. FRANCE, *le Lys rouge*, ch. XIV.

LA vie de Donatello, — jusqu'au delà du
tombeau, — tient dans son œuvre. Nous
savons peu de chose de lui, en dehors
de ce que nous disent le marbre et le
bronze. Donatello n'a laissé de son écriture que
trois courtes et sèches déclarations pour le fisc,
qui peuvent nous renseigner sur son revenu et
sur sa famille. Il faut se contenter, pour le reste,
de témoignages, dont quelques-uns remontent à
des contemporains du sculpteur.

Donatello a été l'ami de Cosme de Médicis, qui
était l'égal des rois, et de Leone Battista Alberti,
qui fut le plus vaste esprit de la Renaissance italienne, avant Léonard de Vinci. Les humanistes
vantèrent en lui le réaliste, autant que l'imitateur

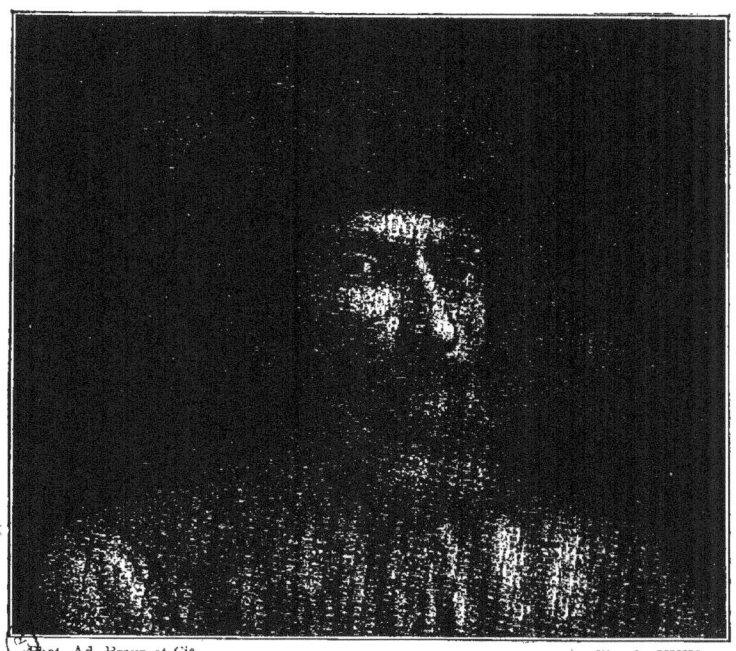

Planche XXIV.

**PORTRAIT DE DONATELLO.**

Détail d'un grand panneau de Paolo Uccello.

Musée du Louvre.

de l'antique; Flavio Biondo le comparait à Zeuxis
d'Héraclée, parce que le sculpteur, comme le
peintre, avait su créer de la vie. Mais la familiarité
des grands et l'encens des critiques ne troublè-
rent pas Donatello. Le fils du cardeur de laine,
dont le père avait eu son heure dans les journées
révolutionnaires, garda toujours l'extérieur, les
manières et le cœur d'un bon ouvrier.

Paolo Uccello a peint le buste de Donatello à côté
des maîtres qu'il admirait le plus : le grand Brunellesco, le mathématicien Manetti, savant en perspective, et Giotto, père de la peinture florentine. Donatello porte la barbe, dans un temps où les bourgeois
étaient rasés; son visage montre une rudesse et
une force plébéiennes (Pl. 24). Le sculpteur est
coiffé d'un chaperon à l'ancienne mode. Cosme de
Médicis trouvait son ami assez mal vêtu. Un jour
il lui envoya un manteau rose, avec un capuchon.
C'est la couleur que Léonard de Vinci, raffiné en
toutes choses, préférera pour ses manteaux. Le
rose n'était point l'affaire de Donatello. Il mit une
fois ou deux le manteau du Médicis, puis le rendit,
parce qu'il lui paraissait trop distingué *(delicato)*.
Vespasiano dei Bisticci, le libraire de Cosme, a raconté cette historiette, que Vasari a enjolivée.

Le sculpteur mena toujours la vie simple et
populaire qui était celle des artistes au temps de sa
jeunesse. Un jour qu'il devait aller déjeuner chez
Brunellesco, fils de notaire et fort à l'aise, les deux

amis avaient passé, pour faire leurs provisions, au Marché Vieux. Quand Donatello entra dans l'atelier et vit le crucifix sculpté par Brunellesco, il fut saisi au point de tout laisser tomber par terre, le fromage et les œufs. Dans son atelier à lui-même, où il faisait toujours travailler, à partir de sa trentième année, une escouade de jeunes gens, le maître n'avait pour coffre-fort qu'un panier, pendu au plafond par une corde à poulie : le descendait pour y puiser qui voulait. Pomponio Gaurico cite ce détail comme un beau trait de libéralité *(præclarum facinus atque ipso Donatello dignum)*.

Donatello eut pour les questions d'argent cette insouciance extraordinaire qu'il montra, dit Vasari, pour tout, sauf pour son art. En 1427, dix ans après le *saint Georges,* quelques meubles et hardes, et les œuvres commencées dans son atelier forment tout son capital. En 1430 et 1433, il habite des maisons à petit loyer. C'est seulement à la fin de sa vie qu'il peut avoir à lui une maisonnette. Michelozzo, plus entendu en affaires que son collaborateur, avait mis de côté : Vasari le donne en exemple. Donatello, malgré les sommes considérables qu'il gagna, surtout à Padoue, aurait connu la gêne sans les Médicis. Cosme, en mourant, l'avait recommandé à Pierre, son fils. Celui-ci voulut donner au sculpteur une terre de bon revenu à Cafaggiolo. Mais Donatello n'avait aucune vocation pour le métier de propriétaire, si l'on en croit

Vasari, qui réédite à son sujet le vieux conte du
savetier et du financier. Il faut ajouter, à supposer
que l'anecdote ait un fond de vérité, que le sculpteur était alors impotent et près de sa fin. Pour
tout simplifier, Pierre de Médicis aurait ouvert à
l'artiste un compte dans sa banque, compagnie
d'assurances du génie imprévoyant.

Les artistes du seizième siècle nous ont conservé le souvenir de la générosité de Donatello
pour ses élèves et ses amis. Sans les papiers du
fisc, nous ignorerions ce que le maître simple et
bon a fait pour sa famille. En 1427 il avait chez lui
sa mère, Orsa, âgée de quatre-vingts ans, et sa
sœur, Tita, restée veuve avec un grand garçon de
dix-huit ans. Elles s'y trouvent encore à son retour
de Rome, en 1433. Après la mort de sa mère,
Donatello envoie de Padoue dix ducats à sa sœur.
Ce sont les seules femmes que l'on rencontre dans
sa vie. Ce célibataire, qui vieillit sans soutiens,
n'avait vécu que pour travailler. Vasari dit avec sa
simple et touchante éloquence : « Le monde reste
si plein d'œuvres de cet homme qu'on peut l'affir-
mer en toute vérité : nul artiste n'a jamais travaillé
plus que lui. » Gaurico avait dit : « Il reste plus
d'œuvres de sa main que de tous les maîtres qui
l'ont suivi jusqu'à notre temps. »

Dans cette œuvre, qui représente soixante ans
d'une vie d'homme, que pouvons-nous chercher de
l'homme et de sa vie ? A-t-il fait passer dans une

statue ou un bas-relief la ressemblance de ceux
qu'il a aimés? La Vierge de l'*Ascension* et de
l'*Assomption,* cette vieille femme en prières, est-ce,
comme un critique l'a pensé délicatement, la mère
de Donatello? Il faut en douter. Lui qui a fait poser
des Florentins de son temps pour le *Zuccone* du
campanile, le *Popolano* et l' « Humaniste », il n'a
pas fait le buste de ses amis, Brunellesco, Alberti,
pas même celui de Cosme de Médicis. Lui qui, en
sculptant des Madones, a donné aux mères un tel
élan d'amour vers le nouveau-né, il n'a pas été
père. Lui qui a retrouvé la beauté de l'enfant,
oubliée pendant le moyen âge, il n'a jamais vu des
enfants jouer à son foyer, sous les yeux de l'aïeule.
Son art a traversé des crises violentes; il a passé
de l'amertume à la joie, de la bacchanale au drame
et aux visions funèbres. La seule de ces crises qui
trouve son explication dans l'être physique et spiri-
tuel de l'artiste, est la dernière, celle de la vieillesse, qu'achève la paralysie. Un Michel Ange a
confié à ses lettres et ses sonnets bien des secrets
de souffrance et presque de folie qui expliquent
les tortures et les révoltes de ses géants. Donatello n'écrivait pas. Il était, dit Vasari, modeste et
sans aucune prétention. Respectons cette simpli-
cité de l'homme : elle ne fait que grandir l'artiste.

Il n'y en a pas de plus fort et de plus fier dans
l'art italien. Si le nom d'homme de génie doit être
réservé à ceux qui ont secoué le joug des traditions

et des formules, pour créer un monde avec leur
cerveau, leurs yeux et leurs mains, nul artiste n'a
mérité plus que Donatello ce nom héroïque.

Le *Trecento* avait légué à l'apprenti tout un
monde de dogmes et de formes. Ce legs du passé,
Donatello l'a répudié presque tout entier, avant
d'atteindre sa trentième année. Déjà le premier
*David* semblait se moquer, dans son insolente
jeunesse, du patriarche à belle barbe qu'il avait été
jusque-là pour les marbriers florentins. Une trentaine d'années après, le *David* de bronze est devenu un héros nu. Il n'est pas jusqu'aux figures
les plus sacrées que Donatello ne rende parfois
méconnaissables : la Vierge de l'autel de Padoue
est une sorte de Cybèle; le Christ qui sort pesam-
ment du tombeau, sur l'une des chaires de San
Lorenzo, semble mal réveillé du sommeil de
Lazare. Rembrandt même, au milieu des juifs et
des Memnonites d'Amsterdam, n'a pas donné de
la Bible et de l'Évangile des images à la fois
plus saisissantes et plus déconcertantes; et Donatello travaillait à Florence, non loin du couvent
dominicain de Fra Angelico. Faut-il voir en lui un
hérétique ou un impie? Ce que Vasari a rapporté
au sujet de sa fin et de son peu d'empressement à
recevoir les sacrements était un conte mêlé d'er-
reurs si grossières qu'il a été effacé de la seconde
édition des *Vite*. Donatello a pu fort bien être,
comme tant d'autres, un chrétien sincère et un peu

distrait. Le Christianisme lui a offert des types
d'ascètes qu'il a aimés pour leur laideur terrible
plus encore, sans doute, que pour leur sainteté.
Mais si l'on pense, devant la vieille *Madeleine* du
baptistère de Florence à la *Madeleine* du Titien
qui est au palais Pitti, on comprend que l'effrayante
statue de bois ait édifié, après le roi Charles VIII,
des générations de croyants et qu'un Rio se soit
incliné devant elle, tout en maudissant Donatello
comme le suppôt du « Naturalisme ». Le sculpteur
n'a pas cherché dans sa religion que des spectacles
d'horreur. Souvent il a senti avec une profondeur à
laquelle n'atteignait aucun de ses devanciers ce
qu'il y a de plus humain dans le christianisme, et
de plus féminin, si l'on prend le mot dans son sens
le plus grave. La Vierge, dont il a fait un jour une
reine si dédaigneuse, il l'a vue s'épanouir, souffrir
et vieillir comme une jeune fille et une mère, depuis
l'*Annonciation* jusqu'à l'*Assomption*. Cependant,
alors même qu'il parle le plus fortement aux âmes
« naturellement chrétiennes », il s'écarte de la tradition catholique.

Ici encore, il faut renoncer à atteindre l'homme
que nous cache l'artiste. C'est l'artiste qui a vécu
dans l'hérésie, avec une opiniâtreté superbe. Un
sujet religieux devenait pour lui, dès qu'il prenait
corps sous sa main, un simple prétexte à créer de la
vie : immobile ou à peine frémissante dans la statue ;
mouvante, impétueuse et tragique dans le bas-relief.

En prenant ces libertés avec les siècles de tradition, Donatello ouvrait une ère nouvelle et fondait,
en la pratiquant, une théorie de l'art qui ne devait
trouver son expression que dans les esthétiques
modernes. Pour le moyen âge, le monde visible
tout entier, l'art, comme la nature, cachait un
monde invisible, dont la théologie avait la clef et
qu'elle avait peuplé de versets et de textes. Ces
textes, Donatello les a rejetés loin de lui, avec les
images qui en étaient la traduction respectueuse :
que l'on se souvienne des *Cantorie*. Sur ses marbres
et ses bronzes, les noms et les légendes tirés d'un
livre semblent faire tache, comme une étiquette de
papier. L'art de Donatello est pur de toute « litté-
rature ». Qu'il ait été accepté, compris, honoré à
Florence, à Rome, à Padoue, c'est un fait qui atteste
de la façon la plus éclatante la liberté de goût et
d'esprit avec laquelle les Italiens de la Renaissance
ont aimé « l'art pour l'art ». Imaginons Rodin travaillant aujourd'hui pour un Rothschild, pour des
syndicats, pour Notre-Dame et pour les Pères de
Lourdes.

Le monde où Donatello a vécu est un monde de
formes, qu'il a vu couleur de marbre, de bronze ou
d'or, et parfois étoilé de mosaïques. Pour conqué-
rir ce monde, le sculpteur a appris tout ce que
pouvait apprendre un homme de son temps. Les
marbriers de Santa Maria del Fiore et d'Or San
Michele lui ont montré ce qu'ils avaient retrouvé

dans la statuaire romaine : la solidité robuste
d'un corps d'homme. D'autres marbriers et des
orfèvres lui ont enseigné comment le bas-relief
pouvait rivaliser avec la fresque. Brunellesco lui
a donné des leçons d'architecture et de perspective. Enfin Donatello a vu et touché les antiques
de Rome et de Florence, ceux qui restaient à
demi enterrés dans les ruines et ceux qui étaient
vénérés comme des reliques dans le palais des
Médicis : sarcophages, statues, bronzes, camées,
intailles.

S'est-il souvenu encore d'un sculpteur qui était
mort depuis près d'un siècle, quand lui-même
arriva à l'âge d'homme, ce Giovanni Pisano, auquel
il ressemble si étrangement dans ses heures de
fougue et de violence? On a vu que les premières
madones de Donatello ont la tendresse inquiète
des statues de la Vierge laissées en Toscane par
Giovanni; mais, dans les bas-reliefs traversés de
mouvements impétueux, il faut attendre jusqu'aux
travaux de Donatello à Padoue, pour noter des
ressemblances flottantes avec l'art du sculpteur
de Pise. A regarder de près, que peut-on voir
passer de Giovanni Pisano à Donatello? Une
flamme, qui au bout d'un siècle, semble se ré-
veiller, comme si le hasard de la naissance avait
donné aux deux grands sculpteurs un même tempérament d'artiste.

Dès que Donatello eut pris possession de ses

forces, il dépassa ses maîtres et son devancier lointain : Nanni di Banco dans la statuaire; Jacopo
della Quercia et Ghiberti même dans le bas-relief;
Giovanni Pisano dans la mise en scène du drame
et de la foule. Il donne à trente ans le premier
exemple du bas-relief en *schiacciato*. Il rend au
monde moderne, qui commence en Italie, des
formes de la statuaire qui étaient perdues depuis
l'antiquité ou que le moyen âge n'avait retrouvées
que pour les oublier aussitôt : le buste-portrait, le
jeune homme nu, avec le dernier *David;* l'homme
et le cheval de bronze. Donatello continue, en
vérité, dans l'histoire, la sculpture antique; mais
il ne la copie pas : de l'Amour ailé, il fait le
*putto*. A côté de Brunellesco, il a été l'un des
pionniers qui ont renouvelé l'art, en lui donnant
l'exactitude d'une science; mais tout ce que cette
exactitude aurait pu avoir de froid et de sec se
fond au feu de l'amour que le sculpteur a pour ce
qu'il crée.

Les maîtres et les modèles les plus divers ne
lui ont servi qu'à le conduire vers les spectacles
changeants de la vie. C'est de la vie qu'il tire, pour
les fixer dans le marbre et le bronze, ces aspects
qu'aucun sculpteur n'y avait vus : portraits de la
vieillesse et de la misère physique, d'une vérité si
imprévue et si amère, et dont on a cherché en vain
le modèle dans le réalisme du Nord; foules dont
il a rythmé le tumulte, sans l'arrêter, et qui s'agitent

devant nos yeux avec la puissance dramatique des
vagues.

« Donatello, écrit Vasari, fut très résolu et
prompt, et montra, dans tout ce qu'il exécutait,
une facilité souveraine. » Gaurico avait déjà vanté
la maîtrise du sculpteur dans tous les moyens d'expression de son art. Sa main passe des violences
les plus impérieuses aux caresses les plus délicates,
comme sa vision, du réalisme le plus impitoyable
aux silhouettes les plus pures et aux formes les
plus poétiques. Pour les artistes florentins, dont
Vasari a recueilli les impressions, traduites en
anecdotes d'atelier, rien ne paraissait plus admirable dans Donatello que l'art avec lequel il avait
varié le travail de l'outil, selon la place réservée à
ses statues : depuis le *David* de bronze, dont le
modelé raffiné devait être admiré de près, jusqu'aux vieux prophètes du campanile, qui, vus
de la *loggia* du Bigallo, ont l'air de gigantesques
ébauches. La violence avec laquelle Donatello a
taillé parfois le marbre est toujours sûre d'elle-
même : elle devait perdre son excès dans l'œuvre
vue de loin. Le sculpteur montre une audace de
même ordre, dans le travail le plus serré et le
plus fin, quand il traite un bas-relief en *schiacciato,*
comme une scène sans premier plan, et vue dans
le lointain. Il fait ainsi, en vérité, dans la statuaire,
comme dans le bas-relief, la part de la lumière et
de l'atmosphère.

Cet « impressionnisme » du grand sculpteur, peut-être pouvons-nous le comprendre et le définir aujourd'hui plus clairement que ne l'ont fait les artistes du quinzième siècle et Vasari. La « touche » même de Donatello, qui s'est imprimée dans les terres-cuites et les bronzes fondus à cire perdue avec la vivacité d'une brosse puissante et subtile, cette attaque franche et directe, si différente du travail précieux d'un Ghiberti, nous atteint comme un coup frappé sur notre sensibilité, aujourd'hui où les œuvres longuement finies plaisent moins aux plus délicats que celles qui semblent se faire devant nos yeux.

Par sa personnalité d'artiste, Donatello est l'un des maîtres anciens qui sont le plus près de nous; par son œuvre, il a été et il sera toujours profondément humain. Cette œuvre, où le sculpteur n'a mis de sa propre vie rien que nous puissions reconnaître, baigne dans la vie universelle. Il est vrai que, dans la nature, le sculpteur a vu surtout l'homme. Sur le ciel des bas-reliefs il fait passer, parmi les nuées lumineuses, des esprits qui sont des enfants. Il ne connaît guère d'autre paysage que l'architecture, forme humanisée de l'espace géométrique. Mais son œuvre, dont la nature est presque absente, contient toute l'humanité, telle que pouvait la voir un génie viril et chaste, à qui la femme n'apparaît qu'en passant, et le plus souvent forte et grave comme un homme.

Deux aspects de la vie humaine s'opposent dans l'assemblée des statues et les foules des bas-reliefs : d'un côté le *Zuccone,* la *Madeleine,* les vieux, les vaincus ; de l'autre le fier *saint Georges* et le *David* souriant, avec la foule des enfants, qui sont la joie et l'espérance. Les uns semblent tendre la main aux prophètes de Sluter et aux tristes bouffons de Velazquez ; les autres vont former un chœur avec les Amours alexandrins et les dieux d'Athènes. Donatello a été également ému par ces deux spectacles : par la vie telle qu'il l'a vue s'acheminer vers la décrépitude, et par la vie riche de jeunesse et de sève immortelle qu'avait chantée l'art antique. La vieillesse et l'enfance, la laideur et la beauté s'unissent dans son œuvre, et les contradictions s'y résolvent, comme dans une philosophie simple et triste.

La joie de vivre, pour Donatello, ne survit pas à l'adolescence ; le flot bondissant et clair se trouble bientôt ; la danse des enfants fait place aux foules viriles dont les mêlées ressemblent à des batailles. La maturité prépare la vieillesse, qui est chose grave et laide. La vie ne dure qu'en s'usant. Mais sa source est toujours féconde, et la ronde enfantine se reforme au-dessus des morts. Ainsi l'œuvre, d'où la pensée religieuse a été parfois chassée par la vie même, devient un poème de la Vie, qui a l'ampleur d'une symphonie plastique : les motifs doulou-

reux succèdent aux chants héroïques; le drame
bouillonne tout à coup avec des violences et des
dissonnances de tempête, et tout est traversé par
une mélodie triomphante, l'intarissable *scherzo* des
*putti* dansants.

# CHAPITRE XVII

---

## LA LEÇON DE DONATELLO

LA leçon de Donatello s'adressait aux forts. Nombreux furent les marbriers et les fondeurs qui la reçurent du maître lui-même, en exécutant ses œuvres. Peut-être n'y a-t-il pas eu dans l'histoire de la sculpture un artiste qui ait fait appel à plus de collaborateurs que Donatello. Pomponio Gaurico avait déjà remarqué qu'il laissait à d'autres la fonte de ses bronzes. A mesure qu'il avance en âge, l'infatigable créateur se désintéresse de plus en plus du froid et fastidieux travail de l'exécution. Lui, l'admirable ouvrier, en arrive à concevoir la division de l'art et du « métier » qui a prévalu dans les ateliers des sculpteurs de nos jours. Il se contente parfois de modeler une esquisse, pour l'abandonner à un praticien, qui rendra l'œuvre méconnaissable, comme il est arrivé pour le *David* des Martelli.

Partout où Donatello s'est rendu, pour satisfaire

à des commandes, il a formé des ateliers, à Pise, à
Rome, à Sienne, à Padoue. Il sortit de ces ateliers, surtout de celui de Padoue, des sculpteurs
qui se répandirent jusqu'à Naples, à la côte ligure
et aux ports de la Dalmatie. Ces voyageurs ont-ils
emporté à travers l'Italie et au delà de la mer Adriatique quelque chose du génie dont ils avaient été
les serviteurs?

Pour la matière et la technique, l'œuvre de Donatello se laisse diviser en deux périodes : dans la
première, qui prend fin un peu avant le départ du
sculpteur pour Padoue, les marbres l'emportent de
beaucoup; dans la seconde, le marbre est complètement abandonné pour la terre cuite et le bronze.
Une division semblable peut être marquée dans le
groupe des collaborateurs de Donatello, marbriers
et bronziers, bien que quelques-uns des *garzoni*
employés à Padoue aient travaillé le marbre pour
leur compte.

Parmi les marbriers mentionnés dans des documents à côté de Donatello, comme ses aides ou ses
disciples, il en est plusieurs qui ne sont connus par
aucune œuvre authentique. Comment distinguer
dans l'amas de marbres sculptés qui compose l'arc
triomphal du Castel Nuovo de Naples les *putti* et
les guirlandes qui reviennent à Andrea dell'Aquila,
un sculpteur des Abruzzes, formellement cité dans
une lettre de 1458 comme élève de Donatello, et à
Antonio di Chellino, qui se rendit de Padoue à

Naples? Dans le nombre des enfants nus, sculptés par des mains différentes sur le palais public de Raguse, que reconstruisit en partie Michelozzo, quels sont ceux que l'on rendra au Paolo de Raguse qui a travaillé pour Donatello au *Santo?* Les marbres que l'on peut attribuer avec certitude aux collaborateurs connus de Donatello sont aujourd'hui assez nombreux, mais, à part les œuvres de Michelozzo, qui abandonne bientôt la sculpture pour l'architecture, ils sont médiocres et négligeables. Urbano de Cortone, qui suit Donatello à Sienne, se montre aussi peu digne de mémoire que Niccola di Giovanni Cocari, qui s'en va travailler à Trau, en Dalmatie, et qui trouve là un imitateur, Andrea Alessi.

A Florence des artistes d'un talent plus subtil et plus rare ont subi l'ascendant de Donatello, bien qu'ils n'aient fait sans doute que traverser son atelier. Lorsque l'on se trouve dans le temple des Malatesta, à Rimini, parmi les rêves étranges et exquis du sculpteur Agostino di Duccio, on peut se souvenir de la grande *Cantoria* de Donatello devant les groupes d'Amours charnus, sur lesquels volent des draperies transparentes. Mais si l'on se tourne vers les frêles figures de femmes qui représentent les Arts, on se sentira entraîné aussi loin que possible de Donatello, de sa vigueur, de sa gravité, de sa virilité, dans la féerie où se joue un Botticelli du marbre.

Donatello, en partant pour Padoue, laissait à
Florence un jeune homme de quinze ans, Desiderio, fils d'un marbrier de Settignano, pour lequel
il devait rester le guide et le maître. La critique
moderne a rendu définitivement à Desiderio une
série de sculptures en marbre et en *pietra serena*
qui avaient été attribuées pendant longtemps à
Donatello lui-même : celles qui se rapprochent le
plus des œuvres du maître s'en distinguent par des
nuances de finesse, de douceur et de tendresse.
Les chérubins dont les petites têtes ailées semblent
voleter sur la frise de la chapelle des Pazzi ont
parfois une moue mélancolique que n'avaient pas
les chérubins de la chapelle des Médicis. Pendant sa courte vie, Desiderio a été le plus charmant des sculpteurs d'enfants. Ses *bambini* ne
sont plus les *putti* de Donatello. Ils ne font pas
de courses folles; ils ne se battent pas. Par le
sérieux de leur sourire et par leur candeur angé-
lique, ils ressemblent aux enfants de Luca della
Robbia; mais ils ne forment pas de chœurs de
danse ou de chant. Ils restent seuls ou deux par
deux, bien peignés et bien sages. Le plus joli
d'entre eux devient l'*Enfant Jésus*, que Desiderio
le premier a pris des bras de sa Mère pour le placer
debout sur un calice, en haut du petit tabernacle
de Santa Maria Novella. Plusieurs fois il a sculpté
avec amour une statuette ou un buste de l'*Enfant*
divin. Ses modèles ont été des enfants de bonne

famille, bien différents des gamins que Donatello
avait regardés jouer en liberté : des dames florentines devaient les faire poser, avec leur collier de
grains d'ambre, que le sculpteur a traduit en
marbre [1], et elles mettaient dans leur oratoire le
portrait de leur fils.

Les enfants grandissent dans l'œuvre de Desiderio : ils deviennent les garçonnets qui, toujours
demi-nus, tiennent les targes et les guirlandes du
monument funéraire de Marsuppini, à Santa
Croce. L'un d'eux, à peine adolescent, a revêtu la
peau de mouton de saint Jean-Baptiste. C'est un
souvenir de Donatello ; mais de tous les *saint Jean*
que le maître sévère avait modelés pour le marbre
et le bronze, Desiderio n'a vu que le plus aimable,
la statue du palais Martelli. Lui-même a sculpté
pour les Martelli un buste du petit *saint Jean* : à
côté de la statue de Donatello, il garde la sérénité de
l'enfance, et rien des tristesses et des espérances
de l'humanité ne trouble son regard de fillette. Le
petit *saint Jean* et le petit *Jésus* réunis sur un délicieux bas-relief de la collection Arconati Visconti
sont pareils à deux fleurs souriantes [2]. Desiderio a
donné la même grâce candide à ses figurines d'en-

1. Voir l'enfant de la collection Benda, à Vienne, si souvent
attribué à Donatello.

2. Le bas-relief en *pietra serena* du Musée national de Florence qui représente le petit *saint Jean* et qui se trouve dans
la « Salle de Donatello », est une œuvre charmante de Desiderio.

fants et à ses bustes de jeunes femmes. C'est en
vain qu'il voulut, après le retour de Donatello à
Florence, imiter l'œuvre la plus hideuse du vieux
sculpteur, dans la *Madeleine* qu'il sculpta en bois
pour l'église de Santa Trinità : il ne put parvenir à
la faire vieille et laide.

Desiderio mourut à trente-cinq ans, deux ans
avant Donatello. « La grâce, don vraiment céleste
qui pleuvait sur ses ouvrages », comme le dit
Vasari, conquit les artistes du marbre. C'est à travers Desiderio que les Rossellino et Benedetto da
Majano ont vu les *putti* et les *saint Jean* de Donatello [1]. Décorateurs et portraitistes, ils ont fait leur
profit des conquêtes du maître. Ils pratiquent
avec la virtuosité la plus précieuse le bas-relief
« *schiacciato* »; mais c'est pour imiter, au lieu des
compositions dramatiques de Donatello, les fresques paisibles des peintres de leur temps. Ils font
des bustes, après le *saint Laurent* et le *Tribun* de
Donatello; mais, en sculptant d'excellents portraits de bourgeois intelligents, ils n'essayent
pas de s'élever au-dessus de leur modèle, et de
découvrir l'homme dans le Florentin. L'art facile
des marbriers contemporains de Ghirlandaio et de
Politien ignore les tristesses et les violences :

1. Le buste de *San Giovannino*, en marbre, qui est au Louvre,
sous le nom de Donatello, peut être rangé parmi les œuvres
d'Antonio Rossellino. Il est encore très proche du *saint Jean* des
Martelli.

il voltige, toujours souriant, à la surface de la vie.

C'est dans le groupe de la Madone et de l'Enfant que les sculpteurs florentins de marbre et de stuc ont imité le plus longtemps et le plus fidèlement les modèles et les esquisses de Donatello. Les musées et les collections privées contiennent une foule de ces madones donatellesques, dont plusieurs portent, sans raison suffisante, le nom du maître. Quelques-unes d'entre elles ont laissé le voile austère pour la coiffe des Florentines de leur temps : telle une grande Vierge bien connue du Louvre, dont la terre-cuite a gardé toute la richesse de sa polychromie. Ces Vierges sont moins graves que celles de Donatello, et plus tendres. Il est difficile de les répartir entre des artistes connus : on en fait encore à Florence.

Donatello lui-même avait semblé se séparer des sculpteurs de marbre avant son départ pour Padoue. Les artistes qui furent ses derniers collaborateurs, et qui auraient pu être ses héritiers, sont des modeleurs de cire et des fondeurs de bronze. Le maître leur avait laissé une large part dans ses entreprises de Padoue; la mort leur fit une part plus large encore dans les bas-reliefs que Donatello laissa inachevés à Florence. Il reste à voir ce qu'ont été les œuvres des disciples, quand elles n'ont plus été nourries des esquisses du maître. Bellano avait quitté Florence en 1466, dans l'année même de la mort de Donatello, pour se rendre à

Pérouse, où il devait fondre une statue colossale
du pape Paul II. Il alla ensuite à Padoue et
séjourna longtemps dans la ville où le génie de
Donatello restait présent dans une incomparable
collection de bronzes; mais lui-même n'était,
comme devait l'écrire Gaurico, qu'un « artisan
inepte ». Les bas-reliefs bibliques, à la fois secs et
surchargés, qu'il fondit pour décorer la clôture du
chœur du Santo, ne rappellent plus ceux de l'autel,
ni pour la composition, ni pour le décor. Seul,
parmi les jeunes gens qui avaient entouré la vieillesse de Donatello, Bertoldo di Giovanni recueillit
le testament du grand sculpteur dans les esquisses
que lui-même avait eu à achever pour les chaires
de San Lorenzo, où le drame sanglant de la Passion avait pour accompagnement la fête païenne
des Amours, mêlés aux centaures et aux chevaux
cabrés. C'est à Bertoldo qu'il convient de rendre
plusieurs reliefs de bronze, ornés de dorures, où
des scènes de la Passion, depuis le *Crucifiement*
jusqu'à la *Mise au tombeau,* sont représentées,
d'après des compositions de Donatello, tragiques
et violentes, mais avec des formes plus classiques
et plus pures que les silhouettes spectrales qui
furent les dernières visions du maître. Ces *quadri*
de bronze, vrais tableaux religieux en bas-relief,
analogues aux *quadri* de marbre que Donatello lui-
même avait sculptés, furent sans doute placés dans
les palais des Médicis et d'autres amateurs du

14

quinzième siècle, à côté de petits bronzes profanes
dont Bertoldo se fit une spécialité, et qui dévelop-
paient librement les thèmes païens indiqués dans
les frises des chaires de San Lorenzo : Amours
dansants; dieux nus; groupes équestres, pour lesquels Bertoldo combina des études d'après l'antique avec les souvenirs de Donatello. Plusieurs de
ces bronzes, un *Bellérophon domptant Pégase,* un
*Hercule à cheval,* ont été exécutés par Bertoldo
pendant un séjour de quelques années qu'il fit à
Venise et à Padoue. Bellano, de son côté, exécuta
de ces petits bronzes, en imitant lourdement des
œuvres de Donatello, comme le *David* nu, ou en
composant avec des *putti* de petites scènes de
genre. Ces bronzes des disciples de Donatello, les
premiers « bronzes d'art » modernes, ont été des
objets de décoration et d'ameublement. Peut-être
les premiers d'entre eux ont-ils été exécutés à Padoue, sous les yeux même de Donatello, par un
Giovanni de Pise. Les deux Amours porte-flambeaux de la collection de Mme André semblent
contemporains des enfants musiciens du *Santo* :
trop petits pour avoir pris place dans une église,
ils ont dû orner tout d'abord la cheminée d'un palais.

L'exemple de Bertoldo fut plus fécond à Padoue
et à Venise que celui de Bellano, et suscita un
maître comme Riccio, l'étonnant orfèvre du bronze
qui éleva les gigantesques candélabres du Santo
de Padoue, chargés de mythologie et de paga-

nisme, à côté du grand autel de Donatello. C'est
encore Bertoldo qui mit à la mode les plaquettes,
petits bas-reliefs de bronze ou d'argent, qui représentent des sujets pieux ou des figures mytholo-
giques, et qui se multiplient, surtout dans l'Italie
du Nord, parallèlement aux médailles modelées et
fondues comme des bas-reliefs. L'invention même
de la plaquette, sous la forme que le dix-neuvième
siècle a retrouvée, remonte sans doute à Donatello
en personne : certaines plaquettes représentant *la
Vierge avec l'Enfant* ont été moulées sur un modèle
donné par lui. Le *Martyre de saint Sébastien,*
dont l'épreuve unique, en bronze, appartient à
Mme Édouard André, a été attribué par presque
tous les historiens à Donatello. Mais l'ange, avec
sa draperie banale, ne semble pas être de la main
du maître. Bertoldo a pu fort bien modeler le corps
du patient, minutieusement étudié d'après nature,
et la silhouette superbe des archers.

Lorsque Bertoldo fut revenu à Florence, Laurent de Médicis lui donna une part de l'héritage de
Donatello, en lui remettant la garde des collections médicéennes, que Cosme avait autrefois confiée à son sculpteur. Bertoldo reçut les jeunes gens
dans le jardin plein de marbres, à la fois musée et
école en plein air; lui-même pouvait montrer ses
petits bronzes comme des modèles. Cependant les
grands artistes du bronze qui comptèrent, dans la
seconde moitié du quinzième siècle, parmi les

maîtres les plus savants et les plus puissants de
Florence, profitèrent beaucoup moins directement
que les bronziers vénitiens des enseignements de
Bertoldo. Donatello lui-même a été pour eux moins
un modèle, qu'un « professeur d'énergie ». Antonio Pollajuolo, formé par son père, un orfèvre,
qui avait travaillé à la première porte de Ghiberti,
se détourna vers les études d'anatomie ; le premier,
si on en croit Vasari, il analysa par la dissection la
machine humaine, dont Donatello n'avait regardé
les mouvements que par le dehors, comme avaient
fait Myron et Phidias. Les petits groupes et les
figures de bas-relief qu'Antonio Pollajuolo a cons-
truits avec sa science, il leur a infusé une vie nouvelle, trépidante et enfiévrée. Andrea Verrocchio,
de son côté, crée une humanité bien plus nerveuse
que celle de Donatello. Sans doute il reprend
audacieusement les grands thèmes plastiques
retrouvés par le sculpteur du *Gattamelata,* mais
sans l'imiter de près, même dans le *Colleone.* Son
*David* maigre et rêveur a perdu la merveilleuse
parure et la tranquille impudeur du *David* aux
belles cnémides.

Ce que les sculpteurs avaient le plus oublié dans
l'œuvre de Donatello, c'étaient les statues. Les
héros et les géants qu'il avait taillés dans le marbre,
entre sa vingtième et sa quarantième année,
semblent avoir surtout frappé les yeux des peintres
qui cherchaient en même temps que le sculpteur

des voies nouvelles. Masaccio et Paolo Uccello,
tous deux plus jeunes que Donatello, furent, comme
lui, amis de Brunellesco, et, comme lui, préoc-
cupés des problèmes que le grand architecte avait
posés et résolus, ceux de la perspective et du raccourci. Ils trouvèrent dans les statues viriles de
Donatello, encore mieux équilibrées et plus
robustes que celles de Nanni di Banco, un
exemple dont ils se souvinrent pour peindre des
hommes sur un mur. Le jeune peintre qui retrouvait Giotto, en annonçant Raphaël, et le peintre
savant qui ramenait la vie à la géométrie se trouvent
d'accord pour donner à la peinture la solidité de
l'architecture et de la sculpture. Ni l'un, ni l'autre,
cependant, ne transporte littéralement dans une
fresque un « dessin d'après la bosse », dont une
statue aurait été le modèle. D'autres peintres, qui
appartenaient à la même génération de novateurs,
ont été obsédés par Donatello. Andrea del Castagno assied sur le banc de la Cène de Santa Apol-
lonia le *saint Jean l'Évangéliste* de la cathédrale et
le *saint Marc* d'Or San Michele. Il dresse dans une
niche en peinture, qui a fait partie de la décoration
d'une villa, le condottiere Pippo Spano, en armure
blanche et campé dans la pose du *saint Georges*.
Domenico Veneziano, qui d'après Vasari, aurait
introduit à Florence la technique de la peinture à
l'huile, néglige les couleurs somptueuses et les
matières précieuses, dont le rendu était pour les

Flamands la merveille de l'art : comme Castagno,
il ne demande à la peinture que des qualités plastiques, et il les cherche dans l'imitation ouverte
des statues de Donatello. Le *saint Jean-Baptiste*
qu'il a peint plus d'une fois, sur panneau et à
fresque, n'est pas celui des Martelli, le seul dont
se souviendront les sculpteurs florentins, mais le
marcheur du désert, avec sa barbe rare et son front
ravagé. Cette action exercée par un sculpteur de
statues sur un groupe de peintres est un fait capital
et dont le retentissement pourrait être suivi très
loin dans l'art italien. Giotto avait subi jadis l'ascendant de Giovanni Pisano, qui était surtout un
sculpteur de bas-reliefs ; mais, dès le temps d'Andrea Pisano, la peinture « giottesque » avait dominé
la sculpture, au point de la détourner presque complètement de la statuaire et de la confiner dans
les tableaux de marbre, d'argent ou de bronze.
Donatello renverse la balance. Après l'apparition
de ses premières statues, c'est la sculpture qui fait
la loi à la peinture.

Les peintres de la première moitié du quinzième
siècle qui ont copié le plus exactement à Florence
des statues de Donatello semblent n'avoir jamais
regardé ses bas-reliefs. C'est à Padoue que l'art du
grand sculpteur devait être vu, sous tous ses
aspects, par un peintre capable d'y trouver un ali-
ment pour son génie. Andrea Mantegna peignit
son premier tableau pour une église de Padoue en

1448, dans l'année même où les bronzes de l'autel
du Santo furent solennellement exposés. Ce tableau a péri, mais les œuvres glorieuses qui l'ont
suivi attestent que le jeune peintre, après avoir
reçu dans les ateliers du Squarcione et de Jacopo
Bellini des connaissances techniques et archéolo-
giques, a trouvé dans l'œuvre de Donatello des
modèles et des inspirations qu'il n'oublia plus. La
perspective même des fresques des Eremitani est
imitée des bas-reliefs de l'autel du Santo; la *sainte
Euphémie* de 1454 (Musée de Naples) a repris l'attitude de la *sainte Justine* de bronze; le grand triptyque de San Zeno de Vérone, si différent des
polyptiques vénitiens à compartiments, est une
assemblée de statues vivantes, dans un portique,
dont le modèle a été donné par l'autel monumental
de Padoue. Les Vierges de Mantegna, belles ma-
trones qui embrassent l'*Enfant* au maillot, dans un
nimbe vivant de chérubins et de *putti,* sont des
Madones de Donatello. Le *Christ* mort, qu'il a peint,
soutenu par deux anges, est un bas-relief de Donatello. Et partout, dans les tableaux religieux et dans
les fresques profanes du palais de Mantoue, les enfants ailés de Donatello continuent leurs jeux. Ils
ont passé de l'œuvre de Mantegna dans celle de
son beau-frère, Giovanni Bellini, pour pleurer le
Christ mort, ou pour accompagner la Vierge et les
déesses. Au temps où Ghirlandaio ne voyait plus
dans la danse des *putti* qu'un bas-relief couleur de

pierre, dont il ornait, comme d'un marbre antique, la
chambre d'une accouchée, à Santa Maria Novella,
les *putti* restaient vivants et bien en chair à Venise ; ils continuaient d'y pulluler. Les *Amours*,
fils des nymphes, que Titien a réunis en foule au
pied de la statue de Vénus, dans un tableau
célèbre [1], sont les enfants que Donatello a réveillés
et lâchés à travers le monde. Au seizième siècle,
ils courent l'Europe, de l'Allemagne de Dürer à
l'Espagne de Charles Quint ; ils pénètrent partout,
avec les gravures italiennes et avec les plaquettes
de bronze, padouanes, vénitiennes ou lombardes,
qui circulent d'un royaume à l'autre, comme la
monnaie de Donatello [2].

Les *putti* jouent encore sur les plafonds et dans
le parc de Versailles, mêlés aux Amours échappés
des marbres antiques. Tout ce que le monde moderne a conservé, après la Renaissance, de l'héritage laissé par le plus viril des sculpteurs, c'est un
peuple d'enfants. L'œuvre de Donatello contenait
bien des semences qui tombèrent dans l'oubli. Ni
le Bernin, ni Borromini n'ont reconnu un aïeul de
l'art « baroque » dans le sculpteur qui avait dessiné

---

1. Le sujet même du tableau, qui est au Musée de Madrid,
est tiré de Philostrate.

2. Le rôle de ces plaquettes de bronze italiennes, dans l'art
européen du seizième siècle, est comparable à celui des petits
ivoires français, au quatorzième siècle, mais il a été beaucoup
plus grand.

pour l'*Annonciation* de Santa Croce un cadre si audacieux, et personne n'a remarqué, au temps de Napoléon et d'Elisa Bacciocchi, que les fauteuils et les « bureaux » des évangélistes assis dans les hauteurs de la chapelle des Médicis, à San Lorenzo, étaient des meubles « Empire ».

Les tableaux d'histoire que Donatello avait composés, à propos des miracles de saint Antoine de Padoue, semblaient devoir s'imposer à l'attention des artistes par leur richesse dramatique et plastique : or ils n'ont été compris au quinzième siècle par personne, pas même par Mantegna, trop précis et trop froid. Il fallut le hasard d'un voyage de Raphaël à Venise et à Padoue pour que l'une des conceptions les plus fortes et les plus nouvelles du grand sculpteur ne fût pas entièrement perdue.

Donatello, comme Masaccio, a été pour les artistes souverains un précurseur, plutôt qu'un maître. Vasari, le grand-prêtre de Michel-Ange, a vénéré en Donatello un ancêtre de son dieu. Il cite comme un oracle les sentences grecques que son ami, messire Vincenzo Borghini, avait écrites sur deux dessins de Donatello et de Michel-Ange, placés côte à côte :

« Ou Donatello fait du Michel-Ange,
Ou Michel-Ange fait du Donatello [1]. »

Nous n'avons plus de dessins de Donatello pour

1. Ἢ Δωνατὸς βοναρρωτίξει, ἢ Βονάρρωτος δωνατίξει.

reprendre le parallèle. Au moins savons-nous que Michel-Ange a pu recevoir quelque chose des traditions de Donatello par Bertoldo, avec lequel il travailla au milieu des antiques de Laurent de Médicis. Dans les bas-reliefs de sa jeunesse, qui sont restés à la « Casa Buonarroti », on voit côte à côte des imitations d'une bataille à l'antique de Bertoldo et d'une Madone de Donatello. Michel-Ange, encore jeune et en pleine gloire, s'est souvenu, comme on l'a vu, du petit tabernacle laissé par Donatello dans la basilique de Saint-Pierre, lorsqu'il a peint les enfants nus de la Chapelle Sixtine [1]. Il a dû au vieux sculpteur florentin un peu de la grandeur et de la force, — la « *terribilità* », — qui manquait si complètement à son premier maître, Ghirlandaio. Cependant il faut reconnaître qu'entre Donatello et Michel-Ange, comme entre Giovanni Pisano et Donatello, le lien est fait bien plutôt par la parenté mystérieuse de deux génies que par une filiation régulière et historique.

Michel-Ange s'est bientôt affranchi des souvenirs de Donatello, comme des leçons de Ghirlandaio et des conseils de Bertoldo. Après avoir copié les antiques de Florence jusqu'à tromper les connaisseurs et avoir disséqué avec autant de persévérance que Pollajuolo, il vit sortir de la terre sacrée de Rome des marbres dont Donatello

1. Voir plus haut, p. 102.

n'avait pas soupçonné l'existence : le *Laocoon*, le
*Torse*. Il acheva de prendre en horreur le travail du
portrait et ce monde des vivants d'où étaient sortis
le *Zuccone* et le *saint George* lui-même : « *Abor-
reva far somigliare il vivo.* » Il créa une humanité de plus en plus formidable et impossible, bâtie
avec l'anatomie en dépit de la physiologie. L'esprit qu'il souffla dans ces corps de Titans, c'était
son esprit à lui-même, sublime et malade. Il travailla seul aux entreprises les plus gigantesques.
Alors que Donatello, déjà vieux, avait achevé allè-
grement le cheval et l'autel de Padoue, avec l'aide
de ses *garzoni,* Michel-Ange succombe parfois,
malgré sa force surhumaine, aux tâches pour lesquelles il ne souffre pas de collaborateur, et
nombre de ses colosses restent à l'état d'ébauche.
Cependant, du haut de sa solitude, le terrible
démiurge fascinait les artistes ; il les attirait vers
des cimes où seul il pouvait respirer, les éga-
rait loin de la vie et des hommes, et achevait de
faire oublier à l'Italie l'enseignement que donnait
et que donne toujours le réalisme épique de Donatello.

# TABLEAU CHRONOLOGIQUE

---

| Années. | Événements notables. | Œuvres principales [1]. |
| --- | --- | --- |
| 1386 (?) | Naissance de Donato di Niccola di Betto Bardi, à Florence. | |
| 1401. | Concours pour la seconde porte de bronze du baptistère. | |
| 1402 (?) | Voyage de Brunellesco et de Donatello à Rome. | |
| 1406 22 avril. | Décret des prieurs relatif aux statues d'Or San Michele. | Commande de deux statuettes pour la porte latérale nord de la cathédrale de Florence. |
| 1408. | | Paiement pour une de ces statuettes. Commande des statues en marbre de David et de l'évangéliste saint Jean pour la cathédrale de Florence. |

1. Uniquement celles pour lesquelles des dates sont fixées par des documents.

| | |
|---|---|
| 1411. | Commande du *saint Marc*, d'Or San Michele. |
| 1412. Donatello admis dans la confrérie de Saint-Luc. | Paiement de la Fabrique de la cathédrale pour l'*Évangéliste saint Jean*. |
| 1415. | L'*Évangéliste saint Jean* mis en place à la façade de la cathédrale. Décembre. Commande de deux *prophètes* destinés au campanile. |
| 1416. Le *David* de marbre transporté au palais de la Seigneurie. | Bas-relief du *Combat de saint Georges*, à Or San Michele. |
| 1418. | Modèle pour la coupole de la cathédrale. |
| 1419  11 janvier. Mort du pape détrôné Jean XXIII à Florence. | Paiement pour des statues du campanile. |
| 1421. | Lion de pierre pour un palais près de Santa Maria Novella. Groupe d'Abraham pour le campanile (avec le Rosso). |
| 1422. | Quatre des *prophètes* terminés par Donatello et Rosso pour la face est du campanile. |
| 1423. | Statuette en bronze de *saint Jean-Baptiste* pour la cathédrale d'Orvieto. |
| Commencement de la collaboration de Michelozzo et de Donatello. | Statue en bronze de *saint Louis de Toulouse* pour la *Parte Guelfa* (Or San Michele). |
| 1425. | Paiement pour deux *prophètes* du campanile. |

1426. Donatello à Pise.

Paiements de la banque des Médicis (*tombeau de Jean XXIII* (?).

1427. Donatello à Pise, puis à Florence : déclaration pour l'impôt sur le revenu.

Buste reliquaire de *saint Rossore* (avec Michelozzo).

*Tombeau du Cardinal Brancacci* (avec Michelozzo), envoyé de Pise à Naples.

Relief de bronze pour le baptistère de la cathédrale de Sienne.

1428. Mort de Masaccio.

*Putti* pour le baptistère de Sienne.

Commande de la tribune extérieure de la cathédrale du Prato.

1429. Mort de Jean de Médicis. — Donatello à Pise.

1430. Donatello à Lucques.

Travaux de fortification.

1431. Commande de la première tribune aux chanteurs de la cathédrale de Florence à Luca della Robbia.

1432. Donatello à Rome. — Mort de Nicola da Uzzano.

*Tombeau de Martin V* (exécuté par Simone Fiorentino).

1433. Donatello à Rome (21 mai). — Donatello à Florence (31 mai; déclaration pour l'impôt). — Cosme de Médicis exilé (octobre).

Tabernacle en marbre de Saint-Pierre de Rome. — Juillet. Commande d'une tribune aux chanteurs pour la cathédrale de Florence. — Chapiteau de bronze pour la tribune de Prato.

1434. Retour de Cosme de Médicis (7 octobre).

Vitrail du *Couronnement de la Vierge* pour la cathédrale de Florence.

27 mai. Nouveau contrat pour la tribune de Prato.

1435. (Vers) Fin de la collaboration de Michelozzo et de Donatello.

Statue de *prophète* mise en place au campanile.

1436. Portrait équestre de John Hawkwood, peint par Paolo Uccello, dans la cathédrale de Florence.

Dernier paiement pour le dernier des *prophètes*.

1437.

Commande de portes de bronze pour une sacristie de la cathédrale de Florence.

1439.

Achèvement de la tribune aux chanteurs de la cathédrale.

1443  16 janvier. Mort du condottiere Gattamelata à Padoue.

Donatello à Padoue.

Architecture du chœur de la basilique du *Santo*, à Padoue.

*Crucifix* de bronze du *Santo*.

1444 (?) Michelozzo commence la construction du nouveau palais de Cosme de Médicis.

1445. La commande des portes de bronze de la sacristie donnée par la Fabrique de la cathédrale de Florence à Luca della Robbia et à Michelozzo.

1446. Legs pour le grand autel
du *Santo* de Padoue.
— Mort de Brunel-
lesco.

1447.                                    Reliefs et statues de bronze
pour l'autel du *Santo*. —
Fonte de la statue équestre
de Gattamelata.

1448 13 juin. Exposition des       Fonte de quatre statues de
bronzes de Donatello          l'autel du *Santo* et de la sta-
sur un autel provisoire       tue de la Vierge.
au *Santo* de Padoue.

1449.                                    Architecture de l'autel du *Santo*.

1450.                                    Œuvres envoyées de Padoue à
Mantoue pour le duc Ludo-
vico de Gonzague.
13 juin. Consécration de l'autel du *Santo*.

1451. Donatello à Ferrare.

1452. Donatello à Mantoue.

1453.                                    Paiement et inauguration du
monument équestre de Gat-
tamelata.

1455. Mort de Ghiberti.

1456. Donatello à Florence.

1457. Déclaration pour l'impôt        Statue en bronze de *saint
à Florence. — Dona-          *Jean-Baptiste*, pour la cathé-
tello à Sienne.               drale de Sienne.

1458.                                    Commande de portes de bronze
pour la cathédrale de Sienne.

1459.                                    Donatello travaille à ces portes.

1461. Donatello à Sienne.

15

1464 1ᵉʳ août. Mort de Cosme de Médicis. — Mort de Desiderio da Settignano.

Transfert des prophètes de la face N. du campanile à la face O.

1466 13 décembre. Mort de Donatello.

# CATALOGUE

DES

# ŒUVRES DE DONATELLO

CONSERVÉES DANS LES COLLECTIONS PUBLIQUES ET PRIVÉES[1]

---

## ITALIE.

FLORENCE. CATHÉDRALE SANTA MARIA DEL FIORE.

Porte latérale nord. *Deux statuettes de prophètes*. Marbre.

Nef latérale sud (gauche). *Prophète (l'Humaniste)*. Statue marbre.

Nef latérale nord (droite). *Saint Jean l'Évangéliste assis*. Statue marbre.

Tambour de la coupole. *Le Couronnement de la Vierge* (vitrail d'après un carton de Donatello).

### OPERA DEL DUOMO (MUSÉE DE LA CATHÉDRALE).

*Tribune aux chanteurs* en marbre, provenant de la cathédrale, et restaurée en 1883.

### CAMPANILE DE LA CATHÉDRALE.

Face de l'Ouest. *Saint Jean-Baptiste imberbe*. Statue marbre signé.

---

1. On n'a pu faire figurer dans ce catalogue les œuvres personnelles des collaborateurs, des disciples et des imitateurs de Donatello. La liste même des ouvrages d'atelier ne peut prétendre à être complète.

*Prophète*, dit *le Zuccone*. Statue marbre ; signée.

*Le prophète Jérémie* (*le Popolano*). Statue marbre ; signée.

Face de l'Est. *Prophète* (*l'Homme d'État*). Statue marbre.

*Abraham et Isaac.* Groupe marbre (en collaboration avec Rosso).

### BAPTISTÈRE (SAN GIOVANNI).

*Tombeau de l'ex-pape Jean XXIII.* Marbre et bronze (en collaboration avec Michelozzo).

*La Madeleine.* Statue bois.

### OR SAN MICHELE (ORATOIRE DES CORPORATIONS).

Pilier des bouchers. *Saint Pierre.* Statue marbre.

Pilier des batteurs d'armures. *Saint Georges.* Copie en bronze de la statue originale.

*Le combat de saint Georges et du dragon.* Bas-relief marbre.

Pilier des tisseurs de lin. *Saint Marc.* Statue marbre.

Pilier du conseil des marchands. Niche marbre, aujourd'hui occupée par le groupe de Verrocchio, *le Christ et saint Thomas.* Dessinée probablement par Donatello et sculptée par Michelozzo pour la *parte Guelfa.*

### SANTA CROCE.

Nef latérale sud (droite). *L'Annonciation.* Bas-relief en *pietra serena*, dans un encadrement de même pierre (ancien retable de la chapelle Cavalcanti).

Chapelle des Médicis. *Crucifix.* Statue bois.

Musée (ancien réfectoire). *Saint Louis d'Anjou, évêque de Toulouse.* Statue bronze, provenant de la façade de l'église.

### SAN LORENZO.

Bas-reliefs en bronze des deux chaires (en grande partie exécutés et fondus par Bertoldo et Bellano).

Nef latérale nord (gauche). *Tribune aux chanteurs.* Marbre et mosaïque d'or (ouvrage d'atelier).

Chapelle funéraire de Jean de Médicis (grande sacristie). *Tombeau de Jean de Médicis.* Marbre (exécuté par un aide, peut-être Buggiano).

*Frise de chérubins.* Terre cuite.

Médaillons au-dessus des fenêtres et du chœur. *Les quatre Évangélistes.* Bas-reliefs stuc.

Médaillons sur les pendentifs de la coupole. *Quatre scènes de l'histoire de l'Évangéliste saint Jean.*

*Portes* des deux petites sacristies. Bronze.

Au-dessus de l'entrée des deux petites sacristies. *Saint Étienne et saint Laurent; saint Cosme et saint Damien.* Deux bas-reliefs terre cuite.

*Saint Laurent.* Buste terre cuite.

### Palais Martelli

*Saint Jean-Baptiste jeune.* Statue marbre.

*David.* Statue marbre (traduction très grossière d'une esquisse de Donatello).

### Loggia dei Lanzi.

*Judith et Holopherne.* Groupe bronze (provenant du palais des Médicis) ; signé.

### Place de la Seigneurie.

Piédestal en *pietra serena*, portant la copie en bronze du *Lion* (*Marzocco*) primitivement placé à l'entrée d'un palais voisin de Santa Maria Novella.

### Musée National (Palais du Bargello).

Salle de Donatello.

*Saint Georges.* Statue marbre, provenant d'Or San Michele.

*David.* Statue marbre, provenant du palais de la Seigneurie, et exécutée pour la cathédrale.

*Saint Jean-Baptiste en marche.* Statue marbre.

*Enfant dansant.* Statuette bronze.

*David.* Statue bronze, provenant du palais des Médicis.

*Eros-Atys,* avec les talonnières de Mercure. Statue bronze.

*Buste d'un jeune homme portant au cou un camée.* Bronze.

*Buste d'un Florentin drapé à l'antique,* dit *Niccola da Uzzano.* Terre cuite (peinture moderne).

*Lion* de pierre (*Marzocco*).

La salle contient une collection assez complète et fort utile de moulages des œuvres de Donatello et de son atelier, dont il conviendra d'éliminer des pièces suspectes, comme la trop célèbre *sainte Cécile* de Lord Wemyss.

## PRATO.

Façade de la cathédrale. Tribune extérieure. Chapiteau bronze, avec figurines d'*enfants ;* modèle de Donatello, fondu par Michelozzo. Balustrade circulaire en marbre, décorée de sept bas-reliefs (*danses d'enfants ailés*) exécutés par Michelozzo et divers praticiens.

## PISE.

Église de Santo Stefano dei Cavalieri. *Buste reliquaire de saint Rossore.* Cuivre doré (avec la collaboration de Michelozzo).

## SIENNE.

Cathédrale. Chapelle San Giovanni (de la famille Aringhieri). *Saint Jean-Baptiste.* Statue bronze.

Transept nord, dans le pavement. *Lame tombale de Giovanni Pecci, évêque de Grosseto.* Bronze.

Église San Giovanni (baptistère de la cathédrale). *Fonts baptismaux. Le festin d'Hérode,* bas-relief bronze doré. *La Foi* et *l'Espérance.* Statuettes bronze doré. Sur le tabernacle élevé au milieu de la vasque, deux *enfants ailés.* Bronze doré.

## ROME.

Basilique de Saint-Pierre. Chapelle-sacristie des *Beneficiati. Tabernacle* de marbre.

Basilique de Saint-Jean de Latran. *Lame tombale du pape Martin V.* Bronze (exécuté par Simone Fiorentino).

Église de Santa Maria in Ara-cœli. *Pierre tombale de Giovanni Crivelli.* Marbre. Signé.

## NAPLES.

Église de Sant'Angelo a Nido. *Tombeau du cardinal Rinaldo Brancacci.* Bas-relief de l'*Assomption.* Marbre. Le reste du monument par Michelozzo et Pagno di Lapo.

## PADOUE.

Basilique de Saint-Antoine (*il Santo*). Grand maître-autel composé d'œuvres de Donatello, réunies arbitrairement dans un ensemble d'architecture moderne dessiné par Camille Boïto.

*Crucifix* de bronze doré (autrefois placé à l'entrée du chœur).

*La Vierge reine avec l'Enfant; saint Antoine de Padoue et saint François; saint Daniel et sainte Justine; saint Louis de Toulouse et saint Prosdocime.* Statues bronze doré.

*Quatre miracles de saint Antoine.* Bas-reliefs bronze doré.

*Enfants musiciens.* Douze bas-reliefs bronze doré.

*Le Christ mort entre deux anges.* Bas-reliefs bronze doré.

*Les symboles des Évangélistes.* Quatre bas-reliefs bronze doré.

*La Mise au tombeau.* Bas-relief pierre.

La plupart de ces œuvres ont été achevées ou exécutées d'après des esquisses du maître par des aides. La porte du tabernacle, avec un second bas-relief du *Christ mort,* entouré d'anges, est postérieure à l'autel, et peut être attribuée à Bellano.

Place du *Santo. Monument équestre du condottiere Gattamelata.* Groupe colossal de bronze sur un piédestal de pierre, dont les reliefs anciens ont été remplacés par des copies. Signé.

### VENISE.

Église Santa Maria dei Frari. *Saint Jean-Baptiste.* Statue bois peint.

### ALLEMAGNE.

#### Berlin. Kaiser Friedrich Muuseum.

*Saint Jean-Baptiste.* Statuette bronze (provenant des fonts baptismaux de la cathédrale d'Orvieto).

*David.* Petit bronze (esquisse, fondue à cire perdue, du David en marbre du palais Martelli de Florence).

*La Flagellation.* Bas-relief marbre.

*La Vierge avec l'Enfant (Madone Pazzi).* Bas-relief marbre.

*La Vierge avec l'Enfant (Madone Orlandini).* Bas-relief marbre; ouvrage d'atelier.

*La Vierge avec l'Enfant au maillot, au milieu de quatre chérubins.* Terre cuite peinte.

### COLLECTION WERNER WEISBACH.

*La Vierge assise avec l'Enfant, entre deux saints et deux anges.* Petit bas-relief ovale stuc (esquisse pour un marbre).

## ANGLETERRE.

### LONDRES. VICTORIA AND ALBERT MUSEUM (SOUTH KENSINGTON).

*L'Ascension.* Bas-relief marbre.

*Le Christ mort, soutenu par deux anges.* Bas-relief marbre.

*La Flagellation et le Crucifiement.* Bas-relief en terre cuite, dans un cadre en bois peint et doré du quinzième siècle, avec prédelle de terre cuite. Partie d'une esquisse pour un triptyque.

*La Vierge assise avec l'Enfant entre deux saints et deux anges.* Petit bas-relief en stuc, presque identique à celui de la collection W. Weisbach.

*Enfant au poisson.* Statue bronze pour une fontaine (ouvrage d'atelier).

## FRANCE.

### PARIS.

### COLLECTION DE M^me ÉDOUARD ANDRÉ.

*Martyre de saint Sébastien.* Plaquette bronze. Peut-être par Bertoldo.

Deux petits *Amours porte-flambeaux.* Statuettes bronze (ouvrage d'atelier).

### LILLE.

### MUSÉE DE LA VILLE.

*La Danse de Salomé.* Relief marbre (ancienne collection Wicar).

## LYON.

### Collection Édouard Aynard.

*La Vierge avec l'Enfant et deux putti.* Petit bas-relief bronze
(pour une porte de tabernacle).

## ESPAGNE.

### SÉGORBE (province de Valence).

Au-dessus de la porte du cloître de la cathédrale. *La Vierge avec
l'Enfant et deux putti.* Bas-relief marbre. Ouvrage d'atelier.

## ÉTATS-UNIS D'AMÉRIQUE.

### BOSTON. Collection de Mrs. Quincy Shaw.

*La Vierge avec l'Enfant au milieu des nuées.* Bas-relief marbre.

# BIBLIOGRAPHIE

La gloire de Donatello a été encore célébrée, à la fin du siècle de Michel-Ange, par Francesco Bocchi, qui composa en 1571 un traité académique à la louange du *saint Georges*. Le siècle du Bernin relégua dans l'ombre le nom et l'œuvre du vieux sculpteur. Il y a quarante ans qu'ils ont été remis en lumière. La résurrection de Donatello est l'une des œuvres qui honorent le plus la critique moderne, et le nom de Hans Semper, qui a consacré à cette œuvre une science et une clairvoyance admirables, doit rester uni à celui de Donatello. En 1870, SEMPER donna une étude préparatoire sur les marbriers florentins « précurseurs de Donatello » : *Die Vorlaüfer Donatello's,* dans la collection éphémère des *Jahrbücher für Kunstwissenschaft,* publiée par A. VON JAHN. Quelques années plus tard, il composa la première monographie de Donatello qui eût paru depuis la biographie des *Vite* de Vasari. C'était un recueil de dissertations et de documents, tirés, en partie, des livres de Guasti et de Gonzati sur la cathédrale de Florence et la basilique de Padoue ; *Donatello, seine Zeit und seine Schule (Quellenschriften für Kunstgeschichte,* publiées par R. EITELBERGER VON EDELBERG, IX, Vienne, 1875).

Après l'historien allemand, les artistes de la nouvelle Italie découvrirent Donatello : ils se mirent sous son patronage ; une société « Donatello » fut fondée à Florence. Le grand sculpteur fut fêté solennellement à l'occasion du 500e anniversaire de sa naissance, qui tombait, d'après le calcul le plus probable, en 1886. Après la pluie des brochures de circonstance, parmi lesquelles on peut citer celles d'Angelini, Carrocci, Guiducci, Melani, Messeri, Zenuti, il resta un magistral discours de l'historien Pasquale VILLARI (18 mai 1887, brochure publiée chez Le Monnier) et plusieurs livres, consacrés à Donatello par des savants italiens, allemands, et français : SEMPER tout le premier (Innsbruck, 1887), SCHMARSOW (Leipzig, 1886), CAVALLUCCI (Milan, 1886), E. MUNTZ (Paris, *Coll. des Artistes célèbres*). L'érudit Gaetano MILANESI publia un répertoire intitulé : *Catalogo delle opere di Donatello; Bibliografia degli autori che ne hanno scritto* (Florence, 1887), et le professeur allemand Hugo VON TSCHUDI résuma en italien les résultats acquis, en y joignant des observations originales, dans un article de la *Rivista storica italiana (Donatello e la critica moderna*, 1887).

Depuis ces années fécondes, l'attention des chercheurs et des historiens de l'art ne s'est plus détournée de Donatello. Les monographies se sont succédé. En anglais (les plus négligeables) : Hope REA (Coll. *Great masters in painting and sculpture*, Londres, Bell, 1904), BALCARRES (Londres, Duckworth, 1908). En francais : M. REYMOND (dans l'*Artiste*); publié à part en 1890; A. ALEXANDRE (*Coll. des grands artistes*, Laurens, 1906). En allemand : W. PASTOR, *D., eine evolutionistische Untersuchung*, Giessen, 1892, brochure suivie d'un petit volume dans la collection *Die Kunst*, Berlin, 1906; A.-G. MEYER, dans les *Künstler Monographien*, 1903 (capital); Frida SCHOTTMÜLLER, *Die Gestalt des Menschen in Donatello's Werk*, (Zurich, 1904), thèse de doctorat complétée dans un volume important (*Donatello, Ein Beitrag zur Verständnis seiner künstlerischen Tat*, Munich; Bruckmann, 1904); Paul SCHUBRING (Coll. *Klassiker der Kunst*, Stuttgart et Leipzig, 1907). Ce dernier volume contient la reproduction très complète et à bon marché de l'œuvre de Donatello.

Une large place a été faite à Donatello dans des études d'ensemble sur la sculpture italienne de la Renaissance. Celles de M. Wilhelm Bode forment toute une bibliothèque, où il faut citer en première ligne la monumentale publication : *Denkmäler des Renaissance Sculptur Toscanas*, Munich, Bruckmann; comprenant des photographies du plus grand format, avec un texte de haute valeur. On y joindra la publication en cours, qui fait suite aux *Denkmäler : die Italienischen Bronze-Statuetten der Renaissance;* Berlin, B. Cassirer (pour Donatello et ses disciples t. I, 1907). Le recueil d'études publié par M. Bode sous le titre : *Florentiner Bildhauer der Renaissance* (Berlin, B. Cassirer, 1902), est très important pour l'étude de Donatello. On pourra lire et consulter comme de véritables monographies de Donatello des chapitres de l'ouvrage de M. Marcel REYMOND, *la Sculpture florentine* (Florence, Alinari, t. II, 1898; le chapitre de *Donatello* a été publié également à part, même éditeur, même année), et de deux grands ouvrages récents : l'*Histoire de l'Art* publiée sous la direction de M. André MICHEL (Paris, Colin, t. III, 2ᵉ partie, 1908, chapitre de *la Sculpture italienne,* rédigé par A. MICHEL) et la *Storia dell'Arte italiana* de A. VENTURI, t. VI, Milan, Hoepli, 1908 (bibliographie très complète.)

Les biographies anciennes et les documents d'archives qui sont les « textes » de l'histoire de Donatello ont été recueillis dans des publications qui complètent le premier livre de Springer, toujours utile, et dont voici les principales : *Il libro d'Antonio Billi,* éd. C. Frey, Berlin, 1892; *Il codice Magliabecchiano* (*id.*); Pomponius GAURICUS, *De sculptura,* éd. H. Brockhaus, Leipzig, 1886; VASARI, *Vita di Donato scultore fiorentino,* éd. Frey, Berlin, 1884; WOLFGANG KALLAB *Vasaristudien,* publiées par J. von Schlasser, Leipzig, 1708 ; — surtout : G. POGGI, *Il Duomo di Firenze (Italienische Forschungen herausg. v. Kunsthistorischen Institut in Florenz,* Berlin, 1909, II).

La connaissance de l'œuvre de Donatello a été enrichie par un grand nombre d'études de détail, dont la plupart ont été publiées en Allemagne. On les trouvera citées ci-dessous, dans l'ordre des chapitres du présent travail pour lesquels ces études et articles ont été mis à profit.

Chapitre Iᵉʳ (jeunesse de Donatello). — C. FREY, *Vita di Lorenzo Ghiberti, scritta da Giorgio Vasari, con i commentari di L. Ghiberti,* Berlin, 1886. — J. VON SCHLOSSER, *Ueber einige Antiken Ghibertis (Jahrbuch der Kunsthistorischen Sammlungen des allerh. Kaisershauses,* Vienne, XXIV, 1903). — C. VON FABRICZY, *Filippo Brunelleschi, Sein Leben und Seine Werke,* Stuttgart, 1892. — A. CHIAPPELLI, *Filippo Brunelleschi scultore. La Vita di F. Brunelleschi attribuita ad A. Manetti* (dans : *Pagine d'antica arte fiorenlina*, Florence, 1905).

Chapitre II (statues de la cathédrale et d'Or San Michele). — P. FRANCESCHINI, *l'Oratorio di S. Michele in Orto*, Florence, 1898. — A. SCHMARSOWW, *Die Statuen am Or San Michele (Festschrift zu Ehren des Kunsthistorischen Institut in Florenz*, Leipzig, 1897).

Chapitre III (Donatello et Sluter, le *saint Louis* de Toulouse). — E. BERTAUX, *Autour de Donatello (Gazette des Beaux-Arts*, septembre 1899. — E. BERTAUX, *les saints Louis dans l'art italien (Études d'histoire et d'art*, Hachette, 1910). — FABRICZY et SACHS (voir chapitre suivant).

Chapitre IV (Donatello et Michelozzo). — H. VON GEYMÜLLER, *Die architektonische Entwicklung Michelozzos und sein Zusammenwirken mit Donatello (Jahrbuch der K. Preussischen Kunstsammlungen*, Berlin, IV, 1894). — W. BODE, *Donatello als Architekt und Dekorator (Jahrbuch* de Berlin, X, 1901). — C. VON FABRICZY, *Donatellos H. Ludwig und sein Tabernakel an Or San Michele (Jahrbuch* de Berlin, XXI, 1900 ; étude suivie d'une polémique de C. VON FABRICZY avec B. MARRAÏ et I. B. SUPINO dans l'*Arte*, en 1901 et 1902. — M. Marcel REYMOND, *les Débuts de l'architecture de la Renaissance*, *(Gazette des Beaux-Arts*, 3ᵉ pér., XXIII, 1900). —MARRAÏ, *Donatello nelle opere di decorazione architettonica*, Florence, 1903. — Curt SACHS, *Das Tabernakel Mᶜ Andreas del Verrocchio Thomasgruppe an Or San Michele* (Coll. *Zur Kunstgeschichte des Auslandes*, XXIII, Strasbourg, 1904). — L. TANFANO-CENTOFANTI, *Donatello in Pisa*, Pise, 1887. — STEGMANN, *Michelozzo di Bartolommeo*, 1888. — SCHMARSOW, *Nuovi studi intorno a Michelozzo (Archivio storico dell'Arte*, 1893). — C. VON FABRICZY, *Michelozzo di Bartolommeo (Jahrbuch* de Berlin, XXV, 1904). — Fritz BÜRGER, *Das Florentinische Grabdenkmal bis Michelangelo*, Strasbourg, 1904.

Chapitre V (bas-reliefs). — TOSCHI, *I bassorilievi di Donatello (Nuova Antologia*, mai 1887). — S. FECHHEIMER, *Donatello und die Reliefkunst (Zur Kunstg. des Ausl.*, XVII, Strasbourg, 1904).

Chapitre VI (enfants ailés). S. WEBER, *Die Entwickelung des Putto in der Plastik der Frührenaissanee*, Heidelberg, 1898. — BODE, *Florentiner Bildhauer;* ch. VIII, *Versuche der Ausbildung des Genre und des Putto in der Florentiner Plastik des Quattrocento.*

Chapitre VII (madones, annonciations). — BODE, *Flor. Bilh.;* ch. II, *Die Madonnendarstellung bei den Florentiner Bildhauern der Renaissance;* ch. III, *Die Madonnenreliefs Donatellos.* — GERALD S. DAVIS, *A florentine sidelight on D. 's Annonciation (Burlington Magazine*, juillet 1908; raisonnement insoutenable).

Chapitre VIII (Donatello à Rome). — SCHMARSOW, *ouv. cité,* 1887. — D. GNOLI, *le Opere di Donatello in Roma (Archivio storico italiano*, 1888, I). — Lisetta CIACCIO, *Copia di un'opera perduta di Donatello in Roma (l'Arte*, VIII, 1905, p. 375). — R. CORVEGH, *Ein Grabmal von Donatello in S. Maria del Popolo (Zeitschrift für B. Kunst*, avril 1908).

Chapitre IX (tribune de Prato et cantoria de Florence). — Cesare GUASTI, *Il pergamo di Donatello pel duomo di Prato*, Florence, 1887. — *Summario critico e documenti relativi alle celebri cantorie antiche di S. Maria del Fiore*, Florence, Le Monnier, 1888. — B. MARRAÏ, *le Cantorie di Luca della Robbia et di Donatello*, Florence, 1900 (brochure). — S. WEBER, *ouv. cité.* — H. BROCKHAUS, *Die Sängertribune des flor. Doms in ihrer Kirchlichen Bedeutung (Zeitschrift für Bild. Kunst*, mars 1908). — R. CORWEGH, *Donatellos Sängerkanseln im Dom su Florens*, Berlin, B. Cassirer, 1909 (Cf. HADELER, *Repertorium für Kunstwissenschaft*, XXXII, 1909, p. 383).

Chapitre X (*David* des Martelli, *Dovizia*, etc.). E. MÜNTZ, *les Précurseurs de la Renaissance*, 1882; — *Les Collections des Médicis au quinzième siècle*, 1888. — F. WICKHOFF, *Die Antike im Bildungsgange Michelangelos (Mittheilungen für Oesterr. Geschichtsforschungen*, III, 1882, p. 411). — W. BODE, *Ein Blick in die Werkstatt Donatellos (Monatshefte für Kunstwissenschaft*, 1908, I-II). — *Scoperta di due bronzi di Donatello (Arte*, 1900, p. 313; attribution inadmis-

sible). — H. Brockhaus, *Die grosse alte Ansicht von Florenz*
*(Mittheilungen des Kunsthistor. Institut von Florenz*, Berlin,
1909).

Chapitre XI (chapelle funéraire de Jean de Médicis; buste dit
d'Uzzano). — H. Grimm, *Die Sarkophage der Sakristie von
S. Lorenzo (Jahrbuch* de Berlin, I, 1880). — C. de Mandach, *la Cathédrale de Lyon et Donatello (Revue de l'art
ancien et moderne*, 1907). — Cornelius, *Bildniskunst*, II,
*Das Mittelalter*, Fribourg en Brisgau, 1901. — H. Pudor,
*Laokoon, Kunsttheoretische Essays (Nicolo da Uzzano,Eine
ital. Portratbüste)*, Leipzig, 1902.

Chapitre XII (Gattamelata). — G. Eroli, *Erasmo Gattamelata
da Narni, suoi monumenti e sua famiglia*, Rome, Salviucci,
1879. — Weizsäcker, *Ueber die Behandlung der Pferdedars-
tellung in der Kunst der ital. Frührenaissance (Jahrbuch* de
Berlin, VII, 1886). — Col. E. Duhousset, *le Cheval dans
la nature et dans l'art*, Paris, Laurens, 1902. — Comte
G. von Grævenitz, *Gattamelata und Colleone*, Leipzig,
1906. — F. Haack, *Zur Entwickelung des ital. Reiterdenk-
mals (Zeitschrift für B. Kunst*, 1896). — H. Lüer, *Technik
der Bronzeplastik (Monog. des Kunstgewerbes*, Leipzig, See-
mann, 1907). — G. Gruyer, *l'Art ferrarais à l'époque des
princes de la maison d'Este*, Paris, Plon; 1897, I, p. 510-515.
— W. Rolfs, *Der Neapler Pferdekopf und das Reiterdenkmal
des König Alfons (Jahrbuch* de Berlin, 1908).

Chapitre XIII (grand autel de Padoue). — Gonzati, *la Basi-
lica di Sant, Antonio di Padova*, Padoue, 1852-1853, 2 vol.
— W. Bode, *Donatello à Padoue, Gattamelata et les sculp-
tures du Santo;* trad. Ch. Yriarte, Paris, 1883. — A. Glo-
ria, *Donatello fiorentino e le sue opere mirabili nel tempio di
S. Antonio*, Padoue, 1895. — C. Boïto, *la Ricomposizione
dell'altare di Donatello, (Archivio storico dell'Arte*, 1895). —
C. Boïto, *l'Altare di Donatello e le altre opere della Basilica
Antoniana compiute per il settimo centenario della nascita del
Santo*, Milan, Hoepli, 1897. — Conrad de Mandach, *saint
Antoine de Padoue et l'art italien*, Paris, Laurens, 1899. —
Lazzarini, *Nuovi documenti intorno a D. e all'opera del Santo*

(*Nuovo Archivio Veneto,* 1906). — F. Cordenon, l'*Altare di Donatello al Santo,* Padoue, 1905. — Detlev Freih. von Hadeln, *Ein Rekonstrutionsversuch des Hochaltars Donatellos im Santo zu Padua* (*Jahrbuch* de Berlin, XXX, 1909). — A. Venturi, *Donatello a Padova. Collaboratori di D. nell'altare del Santo* (*l'Arte,* X, 1907). — Fritz Bürger, *Donatello und die Antike* (*Repertorium,* XXX, 1907). — W. Vöge, *Raphaël und Donatello. Ein Beitrag zur Entwicklelungsgeschichte des ital. Kunst,* Strasbourg, Heitz, 1896. — W. Bode, *Lodovico III Gonzaga, Markgraf von Mantua, in Bronzebusten und Medaillon* (*Jahrbuch* de Berlin, X, 1889). — G. Bertoni et P. Vicini, *Donatello a Modena* (*Rassegna d'Arte,* V, 1905).

Chapitre XV (chaires de San Lorenzo). — M. Semrau, *Donatellos Kanzeln in San Lorenzo. Ein Beitrag zur Geschichte der ital. Plastik im XV Jahrhundert.* Breslau, Schottlander, 1891. — M. Semrau, *Donatello und der sogenannte Forzori-Altar* (*Kunstwiss. Beiträge A. Schmarsow gewidmet,* Leipzig, Hiersemann, 1907).

Chapitre XVII (collaborateurs et disciples). — Bode, *lo scultore Bartol. Bellano da Padova* (*Arch. stor. dell'Arte,* 1891); — *Bertoldo di Giovanni und Seine Bronzewerke* (*Jahrbuch* de Berlin, XVI, 1895); — *Flor. Bildhauer,* passim. — E. Molinier, *les Bronzes de la Renaissance; les Plaquettes,* Rouam, 1886. — Paul Schubring, *Urbano da Cortona,* Strasbourg, Heitz, 1903. — Pierre de Bouchaud, *les Successeurs de Donatello,* Paris, Laurens, 1903. — Venturi, *la Scultura dalmata nel secolo XV* (*l'Arte,* XI, 1908); — *Storia dell'Arte italiana,* VI (*la scultura del Quattrocento;* ch. IV, très complet, avec bibliographies). — Wölfflin, *Die Ingendwerke Michelangelos,* Munich, 1891.

# INDEX ALPHABÉTIQUE

*Les noms en italiques sont les titres des œuvres.*

# TABLE DES GRAVURES

# TABLE DES MATIÈRES

PARIS. — TYP. PLON-NOURRIT ET C<sup>ie</sup>, 8, RUE GARANCIÈRE. — 13593.

PARIS

TYPOGRAPHIE PLON-NOURRIT ET Cie

Rue Garancière, 8